青少年美绘版经典名著书库
QINGSHAONIAN MEIHUIBAN JINGDIAN MINGZHU SHUKU

【经典收藏】

徐志摩 著　崔钟雷 主编

XUZHIMO SANWENJI
徐志摩散文集

浙江人民出版社
ZHEJIANG PEOPLE'S PUBLISHING HOUSE

QIANYAN FOREWORD

前言

从诸子蜂起、处士横议的百家争鸣，到大师辈出、人文昌盛的文艺复兴，从闪耀着智性之光的启蒙书籍，到弥漫着天真之趣的童话寓言，几千年来，中外文坛一直人才辈出，灿若星辰，佳作更是斗量车载，形形色色。面对如此浩繁的作品，为了让青少年朋友品读到纯正的文化典籍，畅游于古今之间，我们精心编排了本套经典名著丛书。

本套“青少年美绘版经典名著书库”撷取世界文学中的精华，涉及中外名家经典小说、诗歌、杂文、散文等作品，让你充分领略大师的文学风采；甄选中华国学读物《孙子兵法》、《古文观止》、《诗经》等，让你从博大精深的中国传统文化中汲取营养；品鉴外国文学名著《小王子》、《少年维特之烦恼》等，让你和高尚的人谈话，树立坚定的信念；阅读传记、散文《名人故事》、《朱自清散文集》等，让你窥见历史的缩影、沐浴睿智的人文光芒……

本套丛书的编排方式以体裁为纲，选取集知识性、趣味性、教育性于一体的经典名著，更有大量与作品内容相得益彰的精美绘图，达成文本阅读与艺术欣赏的相互促进，从而使青少年能够保持一种活泼的读书状态，让他们真正能够走进文学殿堂，获得文学的滋养，领略文学之美。如果这一增长见识、愉悦身心的精神盛宴能够得到青少年朋友的喜爱，那将是我们最大的幸福和希冀。

我过的端阳节

Wo GuoDe DuanYang Tie

海滩上种花

HaiTan Shang Zhong Hua

罗曼罗兰
LuoMan LuoLan

泰山日出

巴黎的鳞爪

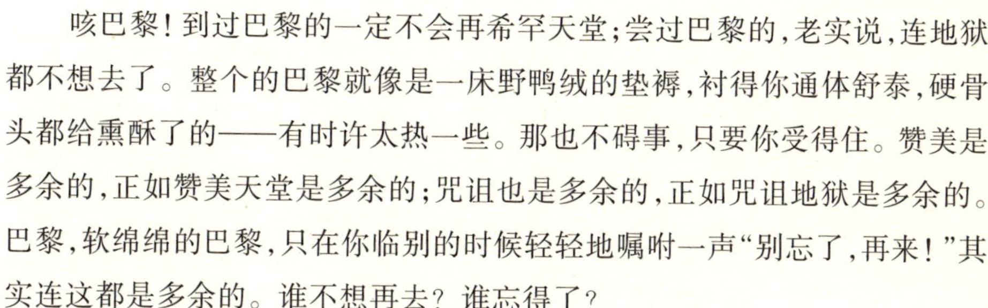

名师导读

作为艺术家的徐志摩来到他朝思暮想的艺术之都，如同游子寻见慈母，可见他当时是一种怎样的心情呢？作者并未单纯地描绘巴黎的美景，而是讲述了两个巴黎人的故事，作者的目的是什么呢？给读者怎样的启示呢？

咳巴黎！到过巴黎的一定不会再希罕天堂；尝过巴黎的，老实说，连地狱都不想去了。整个的巴黎就像是一床野鸭绒的垫褥，衬得你通体舒泰，硬骨头都给熏酥了的——有时许太热一些。那也不碍事，只要你受得住。赞美是多余的，正如赞美天堂是多余的；咒诅也是多余的，正如咒诅地狱是多余的。巴黎，软绵绵的巴黎，只在你临别的时候轻轻地嘱咐一声"别忘了，再来！"其实连这都是多余的。谁不想再去？谁忘得了？

香草在你的脚下，春风在你的脸上，微笑在你的周遭。不拘束你，不责备你，不督饬你，不窘你，不恼你，不揉你。它搂着你，可不缚住你：是一条温存的臂膀，不是根绳子。它不是不让你跑，但它那招逗的指尖却永远在你的记忆里晃着。多轻盈的步履，罗袜的丝光随时可以沾上你记忆的颜色！

但巴黎却不是单调的喜剧。赛因河的柔波里掩映着罗浮宫的倩影，它也收藏着不少失意人最后的呼吸。流着，温驯的水波；流着，缠绵的恩怨。咖啡馆：和着交颈的软语，开怀的笑响，有踞坐在屋隅里蓬头少年计较自毁的哀思。跳舞场：和着翻飞的乐调，迷醇的酒香，有独自支颐的少妇思量着往迹的怆心。浮动在上一层的许是光明，是欢畅，是快乐，是甜蜜，是和谐；但沉淀在底里阳光照不到的才是人事经验的本质：说重一点是悲哀，说轻一点是惆怅：

名师案语

谁不愿意永远在轻快的流波里漾着，可得留神了你往深处去时的发见！

一天，一个从巴黎来的朋友找我闲谈，谈起了劲，茶也没喝，烟也没吸，一直从黄昏谈到天亮，才各自上床去躺了一歇，我一合眼就回到了巴黎，方才朋友讲的情境惝恍的把我自己也缠了进去；这巴黎的梦真醇人，醇你的心，醇你的意志，醇你的四肢百体，那味儿除是亲尝过的谁能想象！——我醒过来时还是迷糊的忘了我在那儿，刚巧一个小朋友进房来站在我的床前笑吟吟喊我"你做什么梦来了，朋友，为什么两眼潮潮的像哭似的？"我伸手一摸，果然眼里有水，不觉也失笑了——可是朝来的梦，一个诗人说的，同是这悲凉滋味，正不知这泪是为那一个梦流的呢！

下面写下的不成文章，不是小说，不是写实，也不是写梦，——在我写的人只当是随口曲，南边人说的"出门不认货"，随你们宽容的读者们怎样看罢。

出门人也不能太小心了，走道总得带些探险的意味。生活的趣味大半就在不预期的发见，要是所有的明天全是今天刻板的化身，那我们活什么来了？正如小孩子上山就得采花，到海边就得捡贝壳，书呆子进图书馆想捞新智慧——出门人到了巴黎就想……

你的批评也不能过分严正不是？少年老成——什么话！老成是老年人的特权，也是他们的本分；说来也不是他们甘愿，他们是到了年纪不得不。少年人如何能老成？老成了才是怪哪！

放宽一点说，人生只是个机缘巧合；别瞧日常生活河水似的流得平顺，它那里面多的是潜流，多的是①漩涡——

①漩涡：比喻某种使人不能自脱的境地。

轮着的时候谁躲得了给卷了进去？那就是你发愁的时候，是你登仙的时候，是你辨着酸的时候，是你尝着甜的时候。

巴黎也不定比别的地方怎样不同：不同就在那边生活流波里的潜流更猛，漩涡更急，因此你叫给卷进去的机会也就更多。

我赶快得声明我是没有叫巴黎的漩涡给淹了去——虽则也就够险。多半的时候我只是站在赛因河岸边看热闹，下水去的时候也不能说没有，但至多也不过在靠岸清浅处溜着，从没敢往深处跑——这来漩涡的纹螺，势道，力量，可比远在岸上时认清楚多了。

一 九小时的萍水缘

我忘不了她。她是在人生的急流里转着的一张萍叶，我见着了它，掬在手里把玩了一晌，依旧交还给它的命运，任它飘流去——它以前的飘泊我不曾见来，它以后的飘泊，我也见不着，但就这曾经相识匆匆的恩缘——实际上我与她相处不过九小时——已在我的心泥上印下踪迹，我如何能忘，在忆起时如何能不感②须臾的惆怅？

那天我坐在那热闹的饭店里瞥眼看着她，她独坐在灯光最暗漆的屋角里，这屋内那一个男子不带媚态，那一个女子的胭脂口上不沾笑容，就只她：穿一身淡素衣裳，戴一顶宽边的黑帽，在鬈密的睫毛上隐隐闪亮着深思的目光——我几乎疑心她是修道院的女僧偶尔到红尘里随喜来了。我不能不接着注意她，她的别样的支颐的倦态，她的曼长的手指，她的落漠的神

名师案语

②须臾：（书面语）极短的时间，片刻。

名师案语

③泄漏：泄露（机密、风声、秘密、内幕）。

情，有意无意间的叹息，在在都激发我的好奇——虽则我那时左边已经坐下了一个瘦的，右边来了肥的，四条光滑的手臂不住的在我面前晃着酒杯。但更使我奇异的是她不等跳舞开始就匆匆的出去了，好像害怕或是厌恶似的。第一晚这样，第二晚又是这样：独自默默的坐着，到时候又匆匆的离去。到了第三晚她再来的时候我再也忍不住不想法接近她。第一次得著的回音，虽则是"多谢好意，我再不愿交友"的一个拒绝，只是加深了我的同情的好奇。我再不能放过她。巴黎的好处就在处处近人情；爱慕的自由是永远容许的。你见谁爱慕谁想接近谁，决不是犯罪，除非你在经程中③泄漏了你的尘气暴气，陋相或是贫相，那不是文明的巴黎人所能容忍的。只要你"识相"，上海人说的，什么可能的机会你都可以利用。对方人理你不理你，当然又是一回事；但只要你的步骤对，文明的巴黎人决不让你难堪。

我不能放过她。第二次我大胆写了个字条付中间人——店主人——交去。我心里直怔怔的怕讨没趣。可是回话来了——她就走了，你跟着去吧。

她果然在饭店门口等着我。

你为什么一定要找我说话，先生，像我这再不愿意有朋友的人？

她张着大眼看我，口唇微微的颤着。

我的冒昧是不望恕的，但是我看了你忧郁的神情我足足难受了三天，也不知怎的我就想接近你，和你谈一次话，如其你许我，那就是我的想望，再没有别的意思。

真的她那眼内绽出了泪来，我话还没说完。

想不到我的心事又叫一个异邦人看透了……她声

音都哑了。

我们在路灯的灯光下默默的互注了一晌，并着肩沿马路走去，走不到多远她说不能走，我就问了她的允许雇车坐上，直望波龙尼大林园清凉的暑夜里兜去。

原来如此，难怪你听了跳舞的音乐像是厌恶似的，但既然不愿意何以每晚还去？

那是我的感情作用；我有些舍不得不去，我在巴黎一天，那是我最初遇见——他的地方，但那时候的我……可是你真的同情我的际遇吗，先生？我快有两个月不开口了，不瞒你说，今晚见了你我再也不能制止，我爽性说给你我的生平的始末吧，只要你不嫌。我们还是回那饭庄去罢。

你不是厌烦跳舞的音乐吗？

她初次笑了。多齐整洁白的牙齿，在道上的幽光里亮着！有了你我的生气就回复了不少，我还怕什么音乐？

我们俩重进饭庄去选一个犄角坐下，喝完了两瓶香槟，从十一时舞影最凌乱时谈起，直到早三时客人散尽侍役打扫屋子时才起身走，我在她的可怜身世的演述中遗忘了一切，当前的歌舞再不能分我丝毫的注意。

下面是她的自述。

我是在巴黎生长的。我从小就爱读天方夜谭的故事，以及当代描写东方的文学；阿东方，我的童真的梦魂那一刻不在它的玫瑰园中留恋？十四岁那年我的姊姊带我上比京去住，她在那边开一个时式的帽铺，有一天我看见一个小身材的中国人来买帽子，我就觉着奇怪，一来他长得异样的清秀，二来他为什么要来买那样时式的女帽；到了下午一个女太太拿了方才买去的帽子来换了，我姊姊就问她那中国人是谁，她说是她的丈夫，说开了头她就讲她当初怎样为爱他触怒了自己的父母，结果断绝了家庭和他结婚，但她一点也不追悔因为她的中国丈夫待她怎样好法，她不信西方人会得像他那样体贴，那样温存。我再也忘不了她说话时满心怡悦的笑容。从此我仰慕东方的私衷又添深了一层颜色。

名师案语

我再回巴黎的时候已经长成了，我父亲是最宠爱我的，我要什么他就给我什么。我那时就爱跳舞，阿，那些迷醉轻易的时光，巴黎那一处舞场上不见我的舞影。我的妙龄，我的颜色，我的体态，我的聪慧，尤其是我那媚人的大眼——阿，如今你见的只是悲惨的余生再不留当时的丰韵——制定了我初期的堕落。我说堕落不是？是的，堕落，人生那处不是堕落，这社会那里容得一个有姿色的女人保全她的清洁？我正快走入险路的时候，我那慈爱的老父早已看出我的倾向，私下安排了一个机会，叫我与一个有爵位的英国人接近。一个十七岁的女子那有什么主意，在两个月内我就做了新娘。

说起那四年结婚的生活，我也不应得过分的抱怨，但我们欧洲的势利的社会实在是树心里生了蠹，我怕再没有回复健康的希望。我到伦敦去做贵妇人时我还是个天真的孩子，哪有什么机心，哪懂得虚伪的卑鄙的人间的底里，我又是个外国人，到处遭受嫉忌与批评。还有我那担名的丈夫。他娶我究竟为什么动机我始终不明白，许贪我年轻贪我貌美带回家去广告他自己的手段，因为真的我不曾感着他一息的真情；新婚不到几时他就对我冷淡了，其实他就没有热过，碰巧我是个傻孩子，一天不听著一半句软语，不受些温柔的怜惜，到晚上我就不自制的悲伤。他有的是钱，有的是趋奉④谄媚，成天在外打猎作乐，我愁了不来慰我，我病了不来问我，连著三年抑郁的生涯完全消灭了我原来活泼快乐的天机，到第四年实在耽不住了，我与他吵一场回巴黎再见我父亲的时候，他几乎不认识我了。我自此就永别了我的英国丈

④谄媚：卑贱地奉承，讨好别人。

夫。因为虽则实际的离婚手续在他方面到前年方始办理，他从我走了后也就不再来顾问我——这算是欧洲人夫妻的情分！

我从伦敦回到巴黎，就比久困的雀儿重复飞回了林中，眼内又有了笑，脸上又添了春色，不但身体好多，就连童年时的种种想望又在我心头活了回来。三四年结婚的经验更叫我厌恶西欧，更叫我神往东方。东方，阿，浪漫的多情的东方！我心里常常的怀念著。有一晚，那一个运定的晚上，我就在这屋子内见著了他，与今晚一样的歌声，一样的舞影，想起还不就是昨天，多飞快的光阴，就可怜我一个单薄的女子，无端叫运神摆布，在情网里颠连，在经验的苦海里沉沦，朋友，我自分是已经⑤埋葬了的活人，你何苦又来逼著我把往事掘起，我的话是简短的，但我身受的苦恼，朋友，你信我，是不可量的；你望我的眼里看，凭着你的同情你可以在刹那间领会我灵魂的真际！

他是菲利滨人，也不知怎的我初次见面就迷了他。他肤色是深黄的，但他的性情是不可信的温柔；他身材是短的，但他的私语有多叫人魂销的魔力？阿，我到如今还不能怨他；我爱他太深，我爱他太真，我如何能一刻忘他，虽则他到后来也是一样的薄情，一样的冷酷。你不倦么，朋友，等我讲给你听？

我自从认识了他我便倾注给他我满怀的柔情，我想他，那负心的他，也够他的享受，那三个月神仙似的生活！我们差不多每晚在此聚会的。秘谈是他与我，欢舞是他与我，人间再有更甜美的经验吗？朋友你知道痴心人赤心爱恋的疯狂吗？因为不仅满足了

名师案语

⑤埋葬：掩埋尸体，引申为消灭。

我私心的想望，我十多年梦魂缭绕的东方理想的实现。有他我什么都有了，此外我更有什么沾恋？因此等到我家里为这事情与我开始交涉的时候，我更不踌躇的与我生身的父母根本决绝。我此时又想起了我垂髫时在北京见著的那个嫁中国人的女子，她与我一样也为了痴情牺牲一切，我只希冀她这时还能保持着她那纯爱的生活，不比我这失运人成天在幻灭的辛辣中回味。

我爱定了他。他是在巴黎求学的，不是贵族，也不是富人，那更使我放心，因为我早年的经验使我迷信真爱情是穷人才能供给的。谁知他骗了我——他家里也是有钱的，那时我在热恋中抛弃了家，牺牲了名誉，跟了这黄脸人离却巴黎，辞别欧洲，经过一个月的海程，我就到了我理想的灿烂的东方。阿，我那时的希望与快乐！但才出了红海，他就上了心事，经我再三的逼，他才告诉他家里的实情，他父亲是菲利滨最有钱的土著，性情是极严厉的，他怕轻易不能收受我进他们的家庭。我真不愿意把此后可怜的身世烦你的听，朋友，但那才是我痴心人的结果，你耐心听着吧！

东方，东方才是我的烦恼！我这回投进了一个更陌生的社会，呼吸更沉闷的空气；他们自己中间也许有他们温软的人情，但轮着我的却一样还只是猜忌与讥刻，更不容情的刺袭我的孤独的性灵。果然他的家庭不容我进门，把我看作一个"巴黎淌来的可疑的妇人"。我为爱他也不知忍受了多少不可忍的侮辱，吞了多少悲泪，但我自慰的是他对我不变的恩情。因为在初到的一时他还是不时来慰我——我独自赁屋住着。但慢慢的也不知是人言浸润还是他原来爱我不深，他竟然表示割绝我的意思。朋友，试想我这孤身女子牺牲了一切为的还不是他的爱，如今连他都离了我，那我更有什么生机？我怎的始终不曾自毁，我至今还不信，因为我那时真的是没路走了。我又没有钱，他狠心丢了我，我如何能再去缠他，这也许是我们白种人的倔强，我不久便揩干了眼泪，出门去自寻活路。我在一个菲美合种人的家里寻得了一个保姆的职务；天幸我生性是耐烦领小孩的——我在伦敦的日子没孩子管，我就养猫弄狗——救活我的是那三五个活灵的孩子，黑头发短手指的乖乖。在那炎热的岛上我是过了两年没颜色的生活，得了一次凶险的热病，从此我面上再不存青年期的光彩。我的心境正稍稍回复平衡的时候两件不幸的事情又临着了我：一件是我那他与另一女子的结婚，这消息使我昏厥了过去，一件是被我弃绝的慈父也不知怎的问得了我的踪迹，来电说他老病快死要我回去。阿，天罚我！等我赶回巴黎的时候正好赶着与老人诀别，忏悔我先前的造孽！

从此我在人间还有什么意趣？我只是个实体的鬼影，活动的尸体；我的心也早就死了，再也不起波澜；在初次失望的时候我想象中还有个辽远的东方，但如今东方只在我的心上留下一个鲜明的新伤，我更有什么希冀，更有什么心情？但我每晚还是不自主的到这饭店里来小坐，正如死去的鬼魂忘不了他的老家！我这一生的经验本不想再向人前吐露的，谁知又碰着了你，苦苦的追着我，逼我再一度撩拨死尽的火灰，这来你够明白了，为什么我老是这落漠的神情，我猜你也是过路的客人，我深深自幸又接近一次人情的温慰，但我不敢希望什么，我的心是死定了的，时候也不早了，你看方才舞影凌乱的地板上现在只剩一片冷淡的灯光，侍役们已经收拾干净，我们也该走了，再会吧，多情的朋友！

二“先生，你见过艳丽的肉没有？”

我在巴黎时常去看一个朋友，他是一个画家，住在一条老闻着鱼腥的小街底头一所老屋子的顶上一个 A 字式的尖阁里，光线暗惨得怕人，白天就靠两块日光胰子大小的玻璃窗给装装幌，反正住的人不嫌就得，他是照例不过正午不起身，不近天亮不上床的一位先生，下午他也不居家，起码总得上灯的时候他才脱下了他的开褂露出两条破烂的臂膀埋身在他那艳丽的垃圾窝里开始他的工作。

艳丽的垃圾窝——它本身就是一幅妙画！我说给你听听。贴墙有精窄的一条上面盖着黑毛毡的算是他的床，在这上面就准你规规矩矩的躺着，不说起坐一定扎脑袋，就连翻身也不免冒犯斜着下来永远不退让的屋顶先生的身分！承着顶尖全屋子顶宽舒的部分放着他的书桌——我捏着一把汗叫它书桌，其实还用提吗，上边什么法宝都有，画册子，稿本，黑炭，颜色盘子，烂

袜子，领结，软领子，热水瓶子压瘪了的，烧干了的酒精灯，电筒，各色的药瓶，彩油瓶，脏手绢，断头的笔杆，没有盖的墨水瓶子。一柄手枪，那是瞒不过我花七法郎在密歇耳大街路旁旧货摊上换来的。照相镜子，小手镜，断齿的梳子，蜜膏，晚上喝不完的咖啡杯，详梦的小书，还有——还有可疑的小纸盒儿，凡士林一类的油膏，……一只破木板箱一头漆着名字上面蒙着一块灰色布的是他的梳妆台兼书架，一个洋瓷面盆半盆的胰子水似乎都叫一部旧板的卢骚集子给饕了去，一顶便帽套在洋瓷长提壶的耳柄上，从袋底里倒出来的小铜钱错落的散着像是土耳其人的符咒，几只稀小的烂苹果围着一条破香蕉像是一群大学教授们围着一个教育次长索薪……

壁上看得更⑥斑斓了：这是我顶得意的一张庞那的底稿当废纸买来的，这是我临蒙内的裸体，不十分行，我来撩起灯罩你可以看清楚一点，草色太浓了，那膝部画坏了，这一小幅更名贵，你认是谁，罗丹的！那是我前年最大的运气，也算是错来的，老巴黎就是这点子便宜，挨了半年八个月的饿不要紧，只要有机会捞着真东西，这还不值得！那边一张挤在两幅油画缝里的，你见了没有，也是有来历的，那是我前年趁马克倒霉路过佛兰克福德时夹手抢来的，是真的孟察尔都难说，就差糊了一点，现在你给三千佛郎我都不卖，加倍再加倍都值，你信不信？再看那一长条……在他那手指东点西的卖弄他的家珍的时候，你竟会忘了你站着的地方是不够六尺阔的一间阁楼，倒像跨在你头顶那两爿斜着下来的屋顶也顺着他那艺术谈法术似的隐了去，露出一个爽恺的高天，壁上的疙瘩，壁蟢窠，

名师案语

⑥斑斓：斑，形容颜色纷杂。斓，斑驳陆离，色彩绚丽多彩。

霉块，钉疤，全化成了哥罗画帧中"飘飖欲化烟"的最美丽林树与轻快的流涧；桌上的破领带及手绢烂香蕉臭袜子等等也全变形成戴大阔边稻草帽的牧童们，偎着树打盹的，牵着牛在涧里喝水的，手反衬着脑袋放平在青草地上瞪眼看天的，斜眼溜着那边走进来的娘们手按着音腔吹横笛的——可不是那边来了一群娘们，全是年岁轻轻的，露着胸膛，散着头发，还有光着白腿的在青草地上跳着来了？……唵！小心扎脑袋，这屋子真扁纽，你出什么神来了？想着你的 Bel Ami 对不对？你到巴黎快半个月，该早有落儿了，这年头收成真容易——呒，太容易了！谁说巴黎不是理想的地狱？你吸烟斗吗？这儿有自来火。对不起，屋子里除了床，就是那张弹簧早经追悼过了的沙发，你坐坐吧，给你一个垫子，这是全屋子顶温柔的一样东西。

不错，那沙发，这阁楼上要没有那张沙发，主人的风格就落了一个极重要的原素。说它肚子里的弹簧完全没了劲，在主人说是太谦，在我说是简直污蔑了它。因为分明有一部分内簧是不曾死透的，那在正中间，看来倒像是一座分水岭，左右都是往下倾的，我初坐下时不提防它还有弹力，倒叫我骇了一下；靠手的套布可真是全霉了，露着黑黑黄黄不知是什么货色，活像主人衬衫的袖子。我正落了座，他咬了咬嘴唇翻一翻眼珠微微的笑了。笑什么了你？我笑——你坐上沙发那样儿叫我想起爱菱。爱菱是谁？她呀——她是我第一个模特儿。模特儿？你的？你的破房子还有模特儿，你这穷鬼化得起……别急，究竟是中国初来的，听了模特儿就这样的起劲，看你那脖子都上了红印了！本来不算事，当然，可是我说像你这样的破鸡棚……破鸡棚便怎么样，耶稣生在马号里的，安琪儿们都在马矢里跪着礼拜哪！别忙，好朋友，我讲你听。如其巴黎人有一个好处，他就是不势利！中国人顶糟了，这一点；穷人有穷人的势利，阔人有阔人的势利，半不阑珊的有半不阑珊的势利——那才是半开化，才是野蛮！你看像我这样子，头发像刺猬，八九天不刮的破胡子，半年不收拾的脏衣服，鞋带扣不上的皮鞋——要在中国，谁不叫我外国叫化子，那配进北京饭店一类的势利场；可是在巴黎，我就这样儿随便问那一个衣服顶漂亮脖子搽得顶香的娘们跳舞，十回就有九回成，你信不信？至于模特儿，那更不成话，那有在巴黎学美术的，不论多穷，一年里不换十来个眼珠亮亮的来坐样儿？屋子破更算什么？波希民的生活就是这样，按你说模特儿就不该坐坏沙发，你得准备杏黄贡缎绣丹凤朝阳做垫的太师椅请她坐你才安心对不对？再说……

别再说了！算我少见世面，算我是乡下老戆，得了；可是说起模特儿，我倒有点好奇，你何妨讲些经验给我长长见识？有真好的没有？我们在美术院里见著的什么维纳丝得米罗，维纳丝梅第妻，还有铁青的，鲁班师的，鲍第千里的，丁稻来笃的，箕奥其安内的裸体实在是太美，太理想，太不可能，太不可思议；反面说，新派的比如雪尼约克的，玛提斯的，塞尚的，高耿的，弗朗刺马克的，又是太丑，太损，太不像人，一样的太不可能，太不可思议。人体美，究竟怎么一回事？我们不幸生长在中国女人衣服一直穿到下巴底下腰身与后部看不出多大分别的世界里，实在是太蒙昧无知，太不开眼。可是再说呢，东方人也许根本就不该叫人开眼的，你看过约翰巴里士那本沙扬娜拉没有，他那一段形容一个日本裸体舞女——就是一张脸子粉搽得像棺材里爬起来的颜色，此外耳朵以后下巴以下就比如一节蒸不透的珍珠米！——看了真叫人恶心。你们学美术的才有第一手的经验，我倒是……

你倒是真有点羡慕，对不对？不怪你，人总是人。不瞒你说，我学画画原来的动机也就是这点子对人体秘密的好奇。你说我穷相，不错，我真是穷，饭都吃不出，衣都穿不全，可是模特儿——我怎么也省不了。这对人体美的欣赏在我已经成了一种生理的要求，必要的奢侈，不可摆脱的嗜好；我宁可少吃俭穿，省下几个法郎来多雇儿个模特儿。你简直可以说我是著了迷，成了病，发了疯，爱说什么就什么，我都承认——我就不能一天没有一个精光的女人耽在我的面前供养，安慰，喂饱我的"眼淫"。当初罗丹我猜也一定与我一样的狼狈，据说他那房子里老是有剥光了的女人，也不为坐样儿，单看她们日常生活"实际的"多变化的姿态——他是一个牧羊人，成天看着一群剥了毛皮的驯羊！鲁班师那位穷凶极恶的大手笔，说是常难为他太太做模特儿，结果因为他成天不断的画他太太竟许连穿裤子的空儿都难得有！但如果这话是真的鲁班师还是太傻，难怪他那画里的女人都是这剥白猪似的单调，少变化；美的分配在人体上是极神秘的一个现象，我不信有理想的全材，不论男女我想几乎是不可能的；上帝拿着一把颜色望地面上撒，玫瑰，罗兰，石榴，玉簪，剪秋罗，各样都沾到了一种或几种的彩泽，但决没有一种花包涵所有可能的色调的，那如其有，按理论讲，岂不是又得回复了没颜色的本相？人体美也是这样的，有的美在胸部，有的腰部，有的下部，有的头发，有的手，有的脚踝，那不可理解的骨骼，筋肉，肌理的会合，形成各个不同的线条，色调的变化，皮面的涨度，毛管的分配，天然的姿态，不可制止的表情——也得你不怕麻烦细心体会发见去，上帝没有这样便宜你的事情，他决不给你一个具体的绝对美，如果有我们所有艺术的努力就没了意义；巧妙就在你明知这山里有金子，可是在那一点你得自己下工夫去找。阿！说起这艺术家审美的本能，我真要闭着眼感谢上帝——要不是它，岂不是所有人体的美，说窄一点，都变了古长安道上历代帝王的墓窟，全叫一层或几层薄薄的衣服给埋没了！回头我给你看我那张破床底下有一本宝贝，我这十年血汗辛苦的成绩——千把张的人体临摹，而且十分之九是在这间破鸡棚里勾下的，别看低我这张弹簧早经追悼了的沙发，这上面落坐过至少一二百个当得起美字的女人！别提专门做模特儿的，巴黎那一个不知道俺家黄脸什么，那不算希奇，我自负的是我独到的发见：一半因为看多了缘故，女人肉的引诱在我差不多完全消灭在美的欣赏里面，结果在我这双“淫眼”看来，一丝不挂的女人就同紫霞宫里翻出来的尸首穿得重重密密的摇不动我的性欲，反面说当真穿着得极整齐的女人，不论她在人堆里站着，在路上走着，只要我的眼到，她的衣服的障碍就无形的消灭，正如老练的矿师一瞥就认出矿苗，我这美术本能也是一瞥就认出“美苗”，一百次里错不了一次；每回发见了可能的时候，我就非想法找到她剥光了她叫我看个满意不成，上帝保佑这文明的巴黎，我失望的时候真难得有！我记得有一次在戏院子看着了一个贵妇人，实在没法想（我当然试来）我那难受就不用提了，比发疟疾还难受——她那特长分明是在小腹与……

够了够了！我倒叫你说得心痒痒的。人体美！这门学问，这门福气，我们不幸生长在东方谁有机会研究享受过来？可是我既然到了巴黎，不幸气碰着

你，我倒真想叨你的光开开我的眼，你得替我想法，要找在你这宏富的经验中比较最贴近理想的一个看看……

你又错了！什么，你意思花就许巴黎的花香，人体就许巴黎的美吗？太灭自己的威风了！别信那巴理士什么沙扬娜拉的胡说；听我说，正如东方的玫瑰不比西方的玫瑰差什么香味，东方的人体在得到相当的栽培以后，也同样不能比西方的人体差什么美——除了天然的限度，比如骨骼的大小，皮肤的色彩。同时顶要紧的当然要你自己性灵里有审美的活动，你得有眼睛，要不然这宇宙不论它本身多美多神奇在你还是白来的。我在巴黎苦过这十年，就为前途有一个宏愿：我要张大了我这经过训练的"淫眼"到东方去发见人体美——谁说我没有大文章做出来？至于你要借我的光开开眼，那是最容易不过的事情，可是我想想——可惜了！有个马达姆朗洒，原先在巴黎大学当物理讲师的，你看了准忘不了，现在可不在了，到伦敦去了；还有一个马达姆薛托漾，她是远在南边乡下开面包铺子的，她就够打倒你所有的丁稻来笃，所有的铁青，所有的箕奥其安内——尤其是给你这未入流看，长得太美了，她通体就看不出一根骨头的影子，全叫匀匀的肉给隐住的，圆的，润的，有一致节奏的，那妙是一百个哥蒂蔼也形容不全的，尤其是她那腰以下的结构，真是奇迹！你从意大利来该见过西龙尼维纳丝的残像，就那也只能仿佛，你不知道那活的气息的神奇，什么大艺术天才都没法移植到画布上或是石塑上去的（因此我常常自己心里辩论究竟是艺术高出自然还是自然高出艺术，我怕上帝僭先的机会毕竟比凡人多些）；不提别的单就她站在那里你看，从小腹接榁上股那两条交荟的弧线起直往下贯到脚着地处止，那肉的浪纹就比是——实在是无可比——你梦里听着的音乐：不可信的轻柔，不可信的匀净，不可信的韵味——说粗一点，那两股相并处的一条线直贯到底，不漏一屑的破绽，你想通过一根发丝或是吹度一丝风息都是绝对不可能的——但同时又决不是肥肉的粘著，那就呆了。真是梦！唉，就可惜多美一个天才偏叫一个身高六尺三寸长红胡子的面包师给糟蹋了；真的这世上的因缘说来真怪，我很少看见美妇人不嫁给猴子类牛类水马类的丑男人！但这是支话。眼前我招得到的，够资格的也就不少——有了，

方才你坐上这沙发的时候叫我想起了爱菱，也许你与她有缘分，我就为你招她去吧，我想应该可以容易招到的。可是上那儿呢？这屋子终究不是欣赏美妇人的理想背景，第一不够开展，第二光线不够——至少为外行人像你一类著想……我有了一个顶好的主意，你远来客我也该独出心裁招待你一次，好在爱菱与我特别的熟，我要她怎么她就怎么；暂且约定后天吧，你上午十二点到我这里来，我们一同到芳丹薄罗的大森林里去，那是我常游的地方，尤其是阿房奇石相近一带，那边有的是天然的地毯，这一时是自然最妖艳的日子，草青得滴得出翠来，树绿得涨得出油来，松鼠满地满树都是，也不很怕人，顶好玩的，我们决计到那一带去秘密野餐吧——至于"开眼"的话，我包你一个百二十分的满足，将来一定是你从欧洲带回家最不易磨灭的一个印象！一切有我布置去，你要是愿意贡献的话，也不用别的，就要你多买大杨梅，再带一瓶橘子酒，一瓶绿酒，我们享半天闲福去。现在我讲得也累了，我得躺一会儿，我拿我床底下那本秘本给你先揣摹揣摹……

⑦隔一天我们从芳丹薄罗林子里回巴黎的时候，我仿佛刚做了一个最荒唐，最艳丽，最秘密的梦。

名师案语

⑦"隔一天我们从芳丹薄罗林子里回巴黎的时候，我仿佛刚做了一个最荒唐，最艳丽，最秘密的梦。"此句是对全文的总结。

名师点金

赏析·启示

徐志摩印象式地漫谈了巴黎，像摄影机一样，缓缓地推近。文章写的是举世闻名的巴黎的“鳞爪”，但作者并没有写绚丽的罗浮宫、壮观的凯旋门，而是把视角投向社会的底层，写的是悲怆落寞的心灵。作者仿佛有意在制造不和谐，然而读者却能从这表面的不和谐中悟出巴黎的迷人所在。

※学习·拓展

巴黎是法国的首都和最大的城市，也是世界上最繁华的大都市之一，素有“世界花都”之称。巴黎香水驰誉全球，有“梦幻工业”之称，被法国人视为国宝。巴黎还是一座“世界会议城”，它以明媚的风光、丰富的名胜古迹、多姿多彩的文化活动以及现代化的服务设施，迎来了众多的国际会议。

翡冷翠山居闲话

名师导读

作者在文中始终抓住了什么作为中心主题？徐志摩深切体会“作客山中”的妙处，这个妙处是什么呢？作者在文中提醒读者，什么是“最伟大的一部书”？作者建议读者去“倾听”大自然这部奇书，“倾听”是一种交感契合的“妙悟”的境界。

名师案语

在这里出门散步去，上山或是下山，在一个晴好的五月的向晚，正像是去赴一个美的宴会，比如去一果子园，那边每株树上都是满挂着诗情最秀逸的果实，假如你单是站著看还不满意时，只要你一伸手就可以采取，可以恣尝鲜味，足够你性灵的迷醉。阳光正好暖和，决不过暖；风息是①温驯的，而且往往因为他是从繁花的山林里吹度过来他带来一股幽远的澹香，连着一息滋润的水气，②摩挲著你的颜面，轻绕着你的肩腰，就这单纯的呼吸已是无穷的愉快；空气总是明净的，近谷内不生烟，远山上不起霭，那美秀风景的全部正像画片似的展露在你的眼前，供你闲暇的鉴赏。

①温驯：温和顺从。

②摩挲：抚摩，抚弄。

作客山中的妙处，尤在你永不须踌躇你的服色与体态；你不妨③摇曳着一头的蓬草，不妨纵容你满腮的苔藓；你爱穿什么就穿什么；扮一个牧童，扮一个渔翁，装一个农夫，装一个走江湖的桀卜闪，装一个猎户；你再不必提心整理你的领结，你尽可以不用领结，

③摇曳：指轻轻地摆荡。

给你的颈根与胸膛一半日的自由，你可以拿一条这边艳色的长巾包在你的头上，学一个太平军的头目，或是拜伦那埃及装的姿态；但最要紧的是穿上你最旧的旧鞋，别管他模样不佳，他们是顶可爱的好友，他们承着你的体重却不叫你记起你还有一双脚在你的底下。

这样的玩顶好是不要约伴，我竟想严格的取缔，只许你独身；因为有了伴多少总得叫你分心，尤其是年轻的女伴，那是最危险最专制不过的旅伴，你应得躲避她像你躲避青草里一条美丽的花蛇！平常我们从自己家里走到朋友的家里，或是我们执事的地方，那无非是在同一个大牢里从一间狱室移到另一间狱室去，拘束永远跟着我们，自由永远寻不到我们；但在这春夏间美秀的山中或乡间你要是有机会独身闲逛时，那才是你福星高照的时候，那才是你实际领受，亲口尝味，自由与自在的时候，那才是你肉体与灵魂行动一致的时候；朋友们，我们多长一岁年纪往往只是加重我们头上的枷，加紧我们脚胫上的链，我们见小孩子在草里在沙堆里在浅水里打滚作乐，或是看见小猫追他自己的尾巴，何尝没有④羡慕的时候，但我们的枷，我们的链永远是制定我们行动的上司！所以只有你单身奔赴大自然的怀抱时，像一个裸体的小孩扑入他母亲的怀抱时，你才知道灵魂的愉快是怎样的，单是活着的快乐是怎样的，单就呼吸单就走道单就张眼看耸耳听的幸福是怎样的。因此你得严格的为己，极端的自私，只许你，体魄与性灵，与自然同在一个脉搏里跳动，同在一个音波里起伏，同在一个神奇的宇宙里自得。我们浑朴的天真是像含

名师案语

④羡慕：爱慕、钦慕，看到别人有的希望自己也有。

羞草似的娇柔，一经同伴的抵触，他就卷了起来，但在澄静的日光下，和风中，他的姿态是自然的，他的生活是无阻碍的。

你一个人漫游的时候，你就会在青草里坐地仰卧，甚至有时打滚，因为草的和暖的颜色自然的唤起你童稚的活泼；在静僻的道上你就会不自主的狂舞，看着你自己的身影幻出种种⑤诡异的变相，因为道旁树木的阴影在他们迂徐的婆娑里暗示你舞蹈的快乐；你也会得信口的歌唱，偶尔记起断片的音调，与你自己随口的小曲，因为树林中的莺燕告诉你春光是应得赞美的；更不必说你的胸襟自然会跟着曼长的山径开拓，你的心地会看着澄蓝的天空静定，你的思想和著山壑间的水声，山罅里的泉响，有时一澄到底的清澈，有时激起成章的波动，流，流，流入凉爽的橄榄林中，流入妩媚的阿诺河去……

并且你不但不须应伴，每逢这样的游行，你也不必带书。书是理想的伴侣，但你应得带书，是在火车上，在你住处的客室里，不是在你独身漫步的时候。什么伟大的深沉的鼓舞的清明的优美的思想的根源不是可以在风籁中，云彩里，山势与地形的起伏里，花草的颜色与香息里寻得？⑥自然是最伟大的一部书，葛德说，在他每一页的字句里我们读得最深奥的消息。并且这书上的文字是人人懂得的；阿尔帕斯与五老峰，雪西里与普陀山，莱因河与扬子江；梨梦湖与西子湖，建兰与琼花，杭州西溪的芦雪与威尼市夕照的红潮，百灵与夜莺，更不提一般黄的黄麦，一般紫的紫藤，一般青的青草同在大地上生长，同在和风中波动——他们应用的符号是永远一致的，他们的意

名师案语

⑤诡异：奇异、奇特。

⑥“自然是最伟大的一部书”。此句采用了比喻的修辞手法。

义是永远明显的，只要你自己性灵上不长疮瘢，眼不盲，耳不塞，这无形迹的最高等教育便永远是你的名分，这不取费的最珍贵的补剂便永远供你的受用；只要你认识了这一部书，你在这世界上寂寞时便不寂寞，穷困时不穷困，苦恼时有安慰，挫折时有鼓励，软弱时有督责，迷失时有南针。

赏析·启示

《翡冷翠山居闲话》是一篇富有田园牧歌情调的“诗化”小品散文。文章情调悠闲，从容自适，虽仍然是“跑野马”的风格，但细细品赏，却绝非信马由缰。全文以与隐含的读者“你”交谈“闲话”的口吻和叙述方式展开写景和抒情，既亲切自然，又带有急于让“你”与之共享和“众乐乐”的迫不及待。

※学习·拓展

歌德生于1832年3月22日，作为诗人、自然科学家、文艺理论家和政治人物，歌德是古典主义最著名的代表；作为诗歌、戏剧和散文作品的创作者，他是最伟大的德国作家之一，也是世界文学领域的一个出类拔萃的光辉人物。代表作品有《少年维特之烦恼》、《浮士德》等。

我所知道的康桥

名师导读

随徐志摩踏时光而行，康桥的美丽画卷映入眼帘，你看到了康桥的哪些美丽景象？徐志摩沉浸在康桥的美景之中，他赞美康桥，你是否也感受到了康桥的美呢？康桥不仅景色诱人，更有着超越美景的神韵，这神韵又是什么呢？

一

我这一生的周折，大都寻得出感情的线索。不论别的，单说求学。我到英国是为要从罗素。罗素来中国时，我已经在美国。他那不确的死耗传到的时候，我真的出眼泪不够，还做悼诗来了。他没有死，我自然高兴。我摆脱了哥仑比亚大博士衔的引诱，买船票过大西洋，想跟这位二十世纪的福禄泰尔认真念一点书去。谁知一到英国才知道事情变样了：一为他在战时主张和平，二为他离婚，罗素叫康桥给除名了，他原来是 Trinity College 的 Fellow，这来他的 Fellow-ship 也给取销了。他回英国后就在伦敦住下，夫妻两人卖文章过日子。因此我也不曾遂我从学的始愿。我在伦敦政治经济学院里混了半年，正感着闷想换路走的时候，我认识了狄更生先生。狄更生（Galsworthy Lowes Dickinson）是一个有名的作者，他的《一个中国人通信》（*Letters From John Chinaman*）与《一个现代聚餐谈话》（*A Modern Symposium*）两本小册子早得了我的景仰。我第一次会著他是在伦敦国际联盟协会席上，那天林宗孟先生演说，他做主席；第二次是宗孟寓里吃茶，有他。以后我常到他家里去。他看出我的烦闷，劝我到康桥去，他自己是王家学院（King's College）的 Fellow。我就写信去问两个学院，回信都说学额早满了，随后还是狄更生先生替我去在他的学院里说好了，给我一个特别生的资格，随意选科听讲。从此黑方巾黑披袍的风光也被我占着了。初起我在离康桥六英里的乡下叫沙士顿地方租了几间小屋住下，同居的有我从前的夫人张幼仪女士与郭虞裳君。每天一早我坐街车（有时自行车）上学，到晚回家。这样的生活过了一个春，但我在康桥还只是个陌生人，谁都不认识，康桥的生活，可以说完全不曾尝着，我知道的只是一个图书馆，几个课室，和三两个吃便宜饭的茶食铺子。狄更生常在伦敦或是大陆上，所以也不常见他。那年的秋季我一个人回到康桥，整整有一学年，①那时我才有机会接近真正的康桥生活，同时我也慢慢的“发见”了康桥。我不曾知道过更大的愉快。

名师案语

①“那时我才有机会接近真正的康桥生活，同时我也慢慢的‘发见’了康桥。我不曾知道过更大的愉快。”此句在文中处于第一段结尾，第二段开头，起着承上启下的作用，同时点明主旨。

二

“单独”是一个耐寻味的现象。我有时想它是任何发见的第一个条件。你要发见你的朋友的“真”，你得有与他单独的机会。你要发见你自己的真，你得给你自己一个单独的机会。你要发见一个地方（地方一样有灵性），你也得有单独玩的机会。我们这一辈子，认真说，能认识几个人？能认识几个地方？我们都是太匆忙，太没有单独的机会。说实话，我连我的本乡都没有什么了解。康桥我要算是有相当交情的，再次许只有新认识的翡冷翠了。阿，那些清晨，那些黄昏，我一个人发痴似的在康桥！绝对的单独。

但一个人要写他最心爱的物件，不论是人是地，是多么使他为难的一个工作？你怕，你怕描坏了它，你怕说过分了恼了它，你怕说太谨慎了辜负了它。我现在想写康桥，也正是这样的心理，我不曾写，我就知道这回是写不好的——况且又是临时逼出来的事情。但我却不能不写，上期预告已经出去了。我想勉强分两节写，一是我所知道的康桥的天然景色，一是我所知道的康桥的学生生活。我今晚只能极简的写些，等以后有兴会时再补。

三

康桥的灵性全在一条河上；康河，我敢说，是全世界最秀丽的一条水。河的名字是葛兰大（Granta），也有叫康河（River Cam）的，许有上下流的区别，我不甚清楚。河身多的是曲折，上游是有名的拜伦潭（"Byrou's Pool"）当年拜伦常在那里玩的；有一个老村子叫格兰骞斯德，有一个果子园，你可以躺在累累的桃李树荫下吃茶，花果会掉入你的茶杯，小雀子会到你桌上来啄食，那真是别有一番天地。这是上游；下游是从骞斯德顿下去，河面展开，那是春夏间竞舟的场所。上下河分界处有一个坝筑，水流急得很，在星光下听水声，听近村晚钟声，听河畔倦牛刍草声，是我康桥经验中最神秘的一种：大自然的优美，宁静，调谐在这星光与波光的②默契中不期然的淹入了你的性灵。

但康河的精华是在它的中权，著名的"Backs"，这两岸是几个最蜚声的学院的建筑。从上面下来是Pembroke，St.Katharine's，King's，Clare，Trinity，St.John's。最令人留连的一节是克莱亚与王家学院的毗连处，克

名师案语

②默契：双方的意思没有明白说出而彼此有一致的了解。

名师案语

莱亚的秀丽紧邻着王家教堂(King's Chapel)的闳伟。别的地方尽有更美更庄严的建筑，例如巴黎赛因河的罗浮宫一带，威尼斯的利阿尔多大桥的两岸，翡冷翠维基乌大桥的周遭；但康桥的"Backs"自有它的特长，这不容易用一二个状词来概括，它那脱尽尘埃气的一种清澈秀逸的意境可说是超出了画图而化生了音乐的神味。再没有比这一群建筑更调谐更匀称的了！论画，可比的许只有柯罗(Corot)的田野；论音乐，可比的许只有萧班(Chopin)的夜曲。就这也不能给你依稀的印象，它给你的美感简直是神灵性的一种。

假如你站在王家学院桥边的那棵大椈树荫下③眺望，右侧面，隔着一大方浅草坪，是我们的校友居(Fellows Building)，那年代并不早，但它的妩媚也是不可掩的，它那苍白的石壁上春夏间满缀着艳色的蔷薇在和风中摇头，更移左是那教堂，森林似的尖阁不可浼的永远直指着天空；更左是克莱亚，阿！那不可信的玲珑的方庭，谁说这不是圣克莱亚(St.Clare)的化身，那一块石上不闪耀着她当年圣洁的精神？在克莱亚后背隐约可辨的是康桥最潢贵最骄纵的三清学院(Trinity)，它那临河的图书楼上坐镇着拜伦神采惊人的雕像。

③眺望：从高处远望。

但这时你的注意早已叫克莱亚的三环洞桥魔术似的摄住。你见过西湖白堤上的西泠断桥不是(可怜它们早已叫代表近代丑恶精神的汽车公司给踩平了，现在它们跟着苍凉的雷峰永远辞别了人间)？你忘不了那桥上斑驳的苍苔，木栅的古色，与那桥拱下泄露的湖光与山色不是？克莱亚并没有那样体面的衬托，它也不比庐山栖贤寺旁的观音桥，上瞰五老的奇峰，下临深潭与飞瀑；它只是怯怜怜的一座三环洞的小桥，它那桥洞间也只掩映着细纹的波鳞与婆娑的树影，它那桥上栉比的小穿阑与阑节顶上双双的白石球，也只是村姑子头上不夸张的香草与野花一类的装饰；但你凝神的看着，更凝神的看着，你再反省你的心境，看还有一丝屑的俗念沾滞不？只要你审美的本能不曾汩灭时，这是你的机会实现纯粹美感的神奇！

但你还得选你赏鉴的时辰。英国的天时与气候是走极端的。冬天是④荒谬的坏，逢著连绵的雾盲天你一定不迟疑的甘愿进地狱本身去试试；春天（英国是几乎没有夏天的）是更荒谬的可爱，尤其是它那四五月间最渐缓最艳丽的黄昏，那才真是寸寸黄金。在康河边上过一个黄昏是一服灵魂的补剂。阿！我那时蜜甜的单独，那时蜜甜的闲暇。一晚又一晚的，只见我出神似的倚在桥阑上向西天凝望：

——看一回凝静的桥影，
数一数螺钿的波纹：
我倚暖了石阑的青苔，
青苔凉透了我的心坎；……

还有几句更笨重的怎能仿佛那游丝似轻妙的情景：

难忘七月的黄昏，远树凝寂，
像墨泼的山形，衬出轻柔暝色，
密稠稠，七分鹅黄，三分橘绿，
那妙意只可去秋梦边缘捕捉；……

四

这河身的两岸都是四季常青最葱翠的草坪。从校

名师案语

④荒谬：荒唐，非常离谱，不合常理。

友居的楼上望去，对岸草场上，不论早晚，永远有十数匹黄牛与白马，胫蹄没在恣蔓的草丛中，从容的在咬嚼，星星的黄花在风中动荡，应和着它们尾鬃的扫拂。桥的两端有斜倚的垂柳与榈荫护住。水是澈底的清澄，深不足四尺，匀匀的长着长条的水草。这岸边的草坪又是我的爱宠，在清朝，在傍晚，我常去这天然的织锦上坐地，有时读书，有时看水；有时仰卧着看天空的行云，有时反仆着搂抱大地的温软。

但河上的风流还不止两岸的秀丽。你得买船去玩。船不止一种：有普通的双桨划船，有轻快的薄皮舟（Canoe），有最别致的长形撑篙船（Punt）。最末的一种是别处不常有的：约莫有二丈长，三尺宽，你站直在船梢上用长竿撑着走的。这撑是一种技术。我手脚太蠢，始终不曾学会。你初起手尝试时，容易把船身横住在河中，东颠西撞的狼狈。英国人是不轻易开口笑人的，但是小心他们不出声的皱眉！也不知有多少次河中本来优闲的秩序叫我这莽撞的外行给捣乱了。我真的始终不曾学会；每回我不服输跑去租船再试的时候，有一个白胡子的船家往往带讥讽的对我说："先生，这撑船费劲，天热累人，还是拿个薄皮舟溜溜吧！"我那里肯听话，长篙子一点就把船撑了开去，结果还是把河身一段段的腰斩了去！

你站在桥上去看人家撑，那多不费劲，多美！尤其在礼拜天有几个专家的女郎，穿一身缟素衣服，裙裾在风前悠悠的飘着，戴一顶宽边的薄纱帽，帽影在水草间颤动，你看她们出桥洞时的姿态，捻起一根竟像没有分量的长竿，只轻轻的，不经心的往波心里一点，身子微微的一蹲，这船身便波的转出了桥影，翠条鱼似的向前滑了去。她们那敏捷，那闲暇，那轻盈，真是值得歌咏的。

在初夏阳光渐暖时你去买一支小船，划去桥边荫下躺着念你的书或是做你的梦，槐花香在水面上飘浮，鱼群的唼喋声在你的耳边挑逗。或是在初秋的黄昏，近着新月的寒光，望上流僻静处远去。爱热闹的少年们携着他们的女友，在船沿上支着双双的东洋彩纸灯，带著话匣子，船心里用软垫铺着，也开向无人迹处去享他们的野福——谁不爱听那水底翻的音乐在静定的河上描写梦意与春光！

住惯城市的人不易知道季候的变迁。看见叶子掉知道是秋，看见叶子绿知道是春；天冷了装炉子，天热了拆炉子；脱下棉袍，换上夹袍，脱下夹袍，穿上单袍；不过如此罢了。天上星斗的消息，地下泥土里的消息，空中风吹的消息，都不关我们的事。忙着哪，这样那样事情多着，谁耐烦管星星的移转，花草的消长，风云的变幻？同时我们抱怨我们的生活，苦痛，烦闷，拘束，⑤枯燥，谁肯承认做人是快乐？谁不多少间咒诅人生？

但不满意的生活大都是由于自取的。我是一个生命的信仰者，我信生活决不是我们大多数人仅仅从自身经验推得的那样暗惨。我们的病根是在“忘本”。人是自然的产儿，就比枝头的花与鸟是自然的产儿；但我们不幸是文明人，入世深似一天，离自然远似一天。离开了泥土的花草，离开了水的鱼，能快活吗？能生存吗？从大自然，我们取得我们的生命；从大自然，我们应分取得我们继续的滋养。那一株婆娑的大木没有盘错的根柢深入在无尽藏的地里？我们是永远不能独立的。有幸福是永远不离母亲抚育的孩子，有健康是永远接近自然的人们。不必一定与鹿豕游，不必一定回“洞府”去；为医治我们当前生活的枯窘，只要“不完全遗忘自然”一张轻淡的药方我们的病象就有缓和的希望。在青草里打几个滚，到海水里洗几次浴，到高处去看几次朝霞与晚照——你肩背上的负担就会轻松了去的。

这是极肤浅的道理，当然。但我要没有过过康桥的日子，我就不会有这样的自信。我这一辈子就只那一春，说也可怜，算是不曾虚度。就只那一春，我的生活是自然的，是真愉快的！（虽则碰巧那也是我最感受人生

名师案语

⑤枯燥：单调，无趣味，形容人或与人有关的事物毫无生气，呆板乏味，干涩无聊。

名师案语

⑥睥睨：眼睛斜着向旁边看，形容傲慢、高傲的样子。

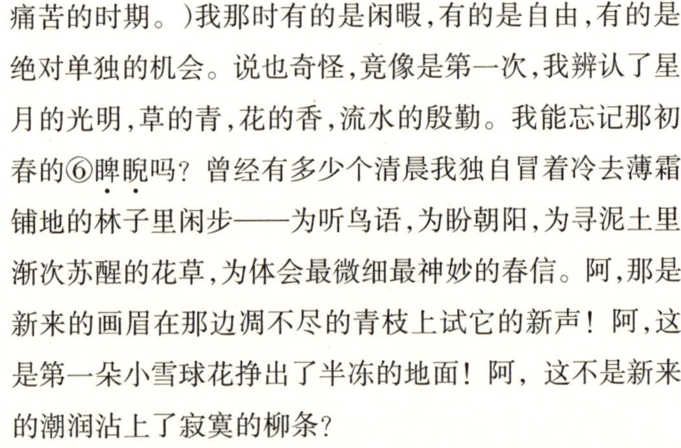

痛苦的时期。)我那时有的是闲暇，有的是自由，有的是绝对单独的机会。说也奇怪，竟像是第一次，我辨认了星月的光明，草的青，花的香，流水的殷勤。我能忘记那初春的⑥睥睨吗？曾经有多少个清晨我独自冒着冷去薄霜铺地的林子里闲步——为听鸟语，为盼朝阳，为寻泥土里渐次苏醒的花草，为体会最微细最神妙的春信。阿，那是新来的画眉在那边凋不尽的青枝上试它的新声！阿，这是第一朵小雪球花挣出了半冻的地面！阿，这不是新来的潮润沾上了寂寞的柳条？

静极了，这朝来水溶溶的大道，只远处牛奶车的铃声，点缀这周遭的沈默。顺着这大道走去，走到尽头，再转入林子里的小径，往烟雾浓密处走去，头顶是交枝的榆荫，透露着漠楞楞的曙色；再往前走去，走尽这林子，当前是平坦的原野，望见了村舍，初青的麦田，更远三两个馒形的小山掩住了一条通道。天边是雾茫茫的，尖尖的黑影是近村的教寺。听，那晓钟和缓的清音。这一带是此邦中部的平原，地形像是海里的轻波，默沈沈的起伏；山岭是望不见的，有的是常青的草原与沃腴的田壤。登那土阜上望去，康桥只是一带茂林，拥戴着几处娉婷的尖阁。妩媚的康河也望不见踪迹，你只能循着那锦带似的林木想象那一流清浅。村舍与树林是这地盘上的棋子，有村舍处有佳荫，有佳荫处有村舍。这早起是看炊烟的时辰：朝雾渐渐的升起，揭开了这灰苍苍的天幕，(最好是微霰后的光景)远近的炊烟，成丝的，成缕的，成卷的，轻快的，迟重的，浓灰的，淡青的，惨白的，在静定的朝气里渐渐的上腾，渐渐的不见，仿佛是朝来人们的祈祷，参差的翳入了天厅。朝阳是难得见的，这初春的天气。但它来时是起早人莫大的愉快。顷

刻间这田野添深了颜色，一层轻纱似的金粉糁上了这草，这树，这通道，这庄舍。顷刻间这周遭䨓漫了清晨富丽的温柔。顷刻间你的心怀也分润了白天诞生的光荣。⑦“春”！这胜利的晴空仿佛在你的耳边私语。“春”！你那快活的灵魂也仿佛在那里回响。

…………

伺候着河上的风光，这春来一天有一天的消息。关心石上的苔痕，关心败草里的花鲜，关心这水流的缓急，关心水草的滋长，关心天上的云霞，关心新来的鸟语。怯怜怜的小雪球是探春信的小使。铃兰与香草是欢喜的初声。窈窕的莲馨，玲珑的石水仙，爱热闹的克罗克斯，耐辛苦的蒲公英与雏菊——这时候春光已是缦烂在人间，更不须殷勤问讯。

瑰丽的春放。这是你野游的时期。可爱的路政，这里不比中国，那一处不是坦荡荡的大道？徒步是一个愉快，但骑自转车是一个更大的愉快，在康桥骑车是普遍的技术；妇人，稚子，老翁，一致享受这双轮舞的快乐。（在康桥听说自转车是不怕人偷的，就为人人都自己有车，没人要偷）。任你选一个方向，任你上一条通道，顺着这带草味的和风，放轮远去，保管你这半天的逍遥是你性灵的补剂。这道上有的是清荫与美草，随地都可以供你休憩。你如爱花，这里多的是锦绣似的草原。你如爱鸟，这里多的是巧啭的鸣禽。你如爱儿童，这乡间到处是可亲的稚子。你如爱人情，这里多的是不嫌远客的乡人，你到处可以“挂单”借宿，有酪浆与嫩薯供你饱餐，有夺目的果鲜恣你尝新。你如爱酒，这乡间每“望”都为你储有上好的新酿，黑啤如太浓，苹果酒姜酒都是供你解渴润肺的。……带一卷书，走

名师案语

⑦“‘春’！这胜利的晴空放佛在你的耳边私语。‘春’！你那快活的灵魂也仿佛在那里回响。仿佛在那里回响。”此句采用拟人的修辞手法。

十里路，选一块清静地，看天、听鸟、读书，倦了时，和身在草绵绵处寻梦去——你能想象更适情更适性的消遣吗？

陆放翁有一联诗句：“传呼快马迎新月，却上轻舆趁晚凉；”这是做地方官的风流。我在康桥时虽没马骑，没轿子坐，却也有我的风流：我常常在夕阳西晒时骑了车迎着天边扁大的日头直追。日头是追不到的，我没有夸父的荒诞，但晚景的温存却被我这样偷尝了不少。有三两幅画图似的经验至今还是栩栩的留着。只说看夕阳，我们平常只知道登山或是临海，但实际只须辽阔的天际，平地上的晚霞有时也是一样的神奇。有一次我赶到一个地方，手把着一家村庄的篱笆，隔着一大田的麦浪，看西天的变幻。有一次是正冲着一条宽广的大道，过来一大群羊，放草归来的，偌大的太阳在它们后背放射着万缕的金辉，天上却是乌青青的，只剩这不可逼视的威光中的一条大路，一群生物，我心头顿时感着神异性的压迫，我真的跪下了，对着这冉冉渐翳的金光。再有一次是更不可忘的奇景，那是临着一大片望不到头的草原，满开着艳红的罂粟，在青草里亭亭像是万盏的金灯，阳光从褐色云斜着过来，幻成一种异样紫色，透明似的不可逼视，刹那间在我迷眩了的视觉中，这草田变成了……不说也罢，说来你们也是不信的！

一别二年多了，康桥，谁知我这思乡的隐忧？也不想别的，我只要那晚钟撼动的黄昏，没遮拦的田野，独自斜倚在软草里，看第一个大星在天边出现！

名师点金

赏析·启示

徐志摩曾在剑桥大学留学两年。作品描写了康桥的自然美景，回忆了当年的留学生活。文章融写景、抒情于一体，诗意盎然，文采华丽。徐志摩在文中营造了一种“单独”的境界。作者以平静客观的态度和三个“你要发现”的排比句，完成了一个人生的大醒悟，这出自性灵的会心之见，悟透的人定有心领神会的一笑。

※学习·拓展

剑桥大学是全世界最顶尖的大学之一，创建于 1209 年，位于英格兰的剑桥镇，英国许多著名的科学家、文学家、政治家都来自于这所大学。剑桥大学也是诞生诺贝尔奖得主最多的高等学府，89 名诺贝尔奖获得者曾经在此执教或学习，大多数是剑桥大学的学生。剑桥大学还是英国的名校联盟“罗素大学集团”和欧洲的大学联盟科英布拉集团的成员之一，世界各报刊以及研究机构的排行榜中，剑桥大学经常位居第一。

天目山中笔记

名师导读

《天目山中笔记》从题目看好像是一篇游记性散文，以“天目山”为题与本文内容有着怎样的联系呢？其中所蕴含的内容是什么呢？为何作者要在文中提两个和尚的故事呢？

名师案语

①笙箫：是两种不同的乐器。笙别称“芦笙”，箫别称“洞箫”。

佛于大众中　说我当作佛
闻如是法音　疑悔悉已除
初闻佛所说　心中大惊疑
将非魔作佛　恼乱我心耶
——莲花经譬喻品

山中不定是清静。庙宇在参天的大木中间藏著，早晚间有的是风，松有松声，竹有竹韵，鸣的禽，叫的虫子，阁上的大钟，殿上的木鱼，庙身的左边右边都安着接泉水的粗毛竹管，这就是天然的①笙箫，时缓时急的参和着天空地上种种的鸣籁，静是不静的；但山中的声响，不论是泥土里的蚯蚓叫或是轿夫们深夜里“唱宝”的异调，自有一种个别处：它来得纯粹，来得清亮，来得透彻，冰水似的沁入你的脾肺；正如你在泉水里洗濯过后觉得清白些，这些山籁，虽则一样是音响，也分明有洗净的功能。

夜间这些清籁摇着你入梦，清早上你也从这些清籁的怀抱中苏醒。

名师案语

山居是福，山上有楼住更是修得来的。我们的楼窗开处是一片蓊葱的林海；林海外更有云海！日的光，月的光，星的光：全是你的。从这三尺方的窗户你接受自然的变幻；从这三尺方的窗户你散放你情感的变幻。自在；满足。

今早梦回时睁眼见满帐的霞光。鸟雀们在赞美；我也加入一份。它们的是清越的歌唱，我的是潜深一度的沉默。

钟楼中飞下一声洪钟，空山在音波的②磅礴中震荡。这一声钟激起了我的思潮。不，潮字太夸；说思流罢。耶教人说阿门，印度教人说“欧姆”“O—m”，与这钟声的嗡嗡，同是从撮口外摄到合口内包的一个无限的波动：分明是外扩，却又是内潜；一切在它的周缘，却又在它的中心；同时是皮又是核，是轴亦复是廓。这伟大奥妙的“Om”使人感到动，又感到静；从静中见动，又从动中见静。从安住到飞翔，又从飞翔回复安住；从实在境界超入妙空，又从妙空化生实在：——

②磅礴：（气势）盛大。

“闻佛柔软香，深远甚微妙。”

多奇异的力量！多奥妙的启示！包容一切冲突性的现象，扩大刹那间的视域，这单纯的音响，于我是一种智灵的洗净。花开，花落，天外的流星与田畦间的飞萤，上绾云天的青松，下临绝海的巉岩，男女的爱，珠宝的光，火山的溶液：一婴儿在它的摇篮中安眠。

这山上的钟声是昼夜不间歇的，平均五分钟时一次。打钟的和尚独自在钟头上住着，据说他已经不间歇的打了十一年钟，他的愿心是打到他不能动弹的那天。钟楼上供着菩萨，打钟人在大钟的一边安着他的“座”，他每晚是坐着安神的，一只手挽着钟椎的一头，从长期的习惯，不叫睡眠耽误他的职司。“这和尚，”我③自忖，“一定是有道理的！和尚是没道理的多：方才那知客僧想把七窍蒙充六根，怎么算总多了一个鼻孔或是耳孔；那方丈师的谈吐里不少某督军与某省长的点缀；那管半山亭的和尚更是贪嗔的化身，无端摔破了两个无辜的茶碗。但这打钟和尚，他一定不是庸流不能不去看看！”他的年岁在五十开外，出家有二十几年，这钟楼，不错，是他管的，这钟是他打的（说着他就过去撞了一下），他每晚，也不错，是坐着安神的，但此外，可怜，我的俗眼竟看不出什么异样。他拂拭着④神龛，神座，拜垫，换上香烛，掇一盂水，洗一把青菜，捻一把米，擦干了手接受香客的布施，又转身去撞一声钟。他脸上看不出修行的清癯，却没有失眠的倦态，倒是满满的不时有笑容的展露；念什么经；不，就念阿弥陀佛，他竟许是不认识字的。“那一带是什么山，叫什么，和尚？”“这里是天目山，”他说。“我知道，我说的是那一带的，”我手点着问。“我不知道。”他回答。

山上另有一个和尚，他住在更上去昭明太子读书台的旧址，盖有几间屋，供着佛像，也归庙管的，叫作茅棚，但这不比得普渡山上的真茅棚，那看了怕人的，坐着或是偎着修行的和尚没一个不是鹄形鸠面，鬼似的东西。他们不开口的多，你爱布施什么就放在他跟前的篓子或是盘子里，他们怎么也不睁眼，不出声，随你给的是金条或是铁条。人说得更奇了。有的半年没有吃过东西，不曾挪过窝，可还是没有死，就这冥冥的坐着。他们大约离成佛不远了，单看他们的脸色，就比

名师案语

③自忖：自己考虑，自己掂量。

④神龛：供奉神像或神主的小阁子。

石片泥土不差什么，一样这黑刺刺，死僵僵的。“内中有几个，”香客们说，“已经成了活佛，我们的祖母早三十年来就看见他们这样坐着的！”

但天目山的茅棚以及茅棚里的和尚，却没有那样的浪漫出奇。茅棚是尽够蔽风雨的屋子，修道的也是活鲜鲜的人，虽则他并不因此减却他给我们的趣味。他是一个高身材，黑面目，行动迟缓的中年人；他出家将近十年，三年前坐过禅关，现在这山上茅棚里来修行；他在俗家时是个商人，家中有父母兄弟姊妹，也许还有自身的妻子；他不曾明说他中年出家的缘由，他只说“俗业太重了，还是出家从佛的好。”但从他沉着的语音与持重的神态中可以觉出他不仅是曾经在人事上受过磨折，并且是在思想上能分清黑白的人。他的口，他的眼，都泄漏着他内里强自抑制，魔与佛交斗的痕迹；说他是放过火杀过人的忏悔者，可信；说他是个回头的浪子，也可信。他不比那钟楼上人的不着颜色，不露曲折：他分明是色的世界里逃来的一个囚犯。三年的禅关，三年的草棚，还不曾压倒，不曾灭净，他肉身的烈火。“俗业太重了，不如出家从佛的好”；这话里岂不颤栗着一往忏悔的深心？我觉着好奇；我怎么能得知他深夜趺坐时意念的究竟？

佛于大众中　说我当作佛
闻如是法音　疑悔悉已除
初闻佛所说　心中大惊疑
将非魔作佛　恼乱我心耶

但这也许看太奥了。我们承受西洋人生观洗礼的，容易把做人看太积极，入世的要求太猛烈，太不肯退让，把住这热虎虎的一个身子一个心放进生活的轧床去，不叫他留存半点汁水回去；非到山穷水尽的时候，决不肯认输，退后，收下旗帜；并且即使承认了绝望的表示，他往往直接向生存本体的取决，不来半不阑珊的收回了步子向后退：宁可自杀。干脆的生命的断绝，不来出家，那是生命的否认。不错，西洋人也有出家做和尚做尼姑的，例如亚佩腊与爱洛绮丝，但在他们是情感方面的转变，原来对人的爱移作上帝的爱，这知感的自体与它的活动依旧不念糊的在着；在东方人，这出家是求情感的消灭，皈依佛法或道法，目的在自我一切痕迹的解脱。再说，这出家或出世的观念的老家，是印度不是中国，是跟着佛教来的；印度可以会发生这类思想，学者们自有种种哲理上乃至物理上的解释，也尽有趣味的。中国何以能容留这类思想，并且在实际上出家做尼僧的今天不比以前少（我新近一个朋友差一点做了小和尚！），这问题正值得研究，因为这分明不仅仅是个知识乃至意识的浅深问题，也许这情形尽有极有趣味的解释的可能，我见闻浅，不知道我们的学者怎样想法，我愿意领教。

名师点金

赏析·启示

题为《天目山中笔记》，天目作为名山，与佛与禅息息相关。作者对山中钟音做了一番颂赞之后感叹："闻佛柔软音，深远甚微妙。"钟这种单纯的音响，是对人的灵智的一种启示，它包容了万事万物。本文重点写了与佛有关的两个人物，也就是天目山中的两个和尚，两个和尚的行为反应了人心灵的两面性。

※学习·拓展

素有"大树华盖闻九州"之誉的天目山，历史悠久，璀璨夺目的绿色文化、宗教文化，是儒、道、佛等文化融于一体的名山。天目山峰峦叠翠，古木葱茂，有奇岩怪石之险，有流泉飞瀑之胜，负有"大树王国"、"清凉世界"的美名。

泰山日出

名师导读

你曾去过泰山欣赏日出吗？你被泰山壮阔的美景折服了吗？登泰山观日出你是否有着和诗人徐志摩一样的感受呢？本文在写观泰山日出景象的同时，你是否品味出其蕴含的对泰戈尔的欢迎与赞美之情呢？

名师案语

振铎来信要我在《小说月报》的泰戈尔号上说几句话。我也曾答应了，但这一时游济南游泰山游孔陵，太乐了，一时竟拉不拢心思来做整篇的文字，一直挨到现在期限快到，只得勉强坐下来，把我想得到的话不整齐的写出。

我们在泰山顶上看出太阳。在航过海的人，看太阳从地平线下爬上来，本不是奇事；而且我个人是曾饱饫过红海与印度洋无比的日彩的。但在高山顶上看日出，尤其在泰山顶上，我们①无餍的好奇心，当然盼望一种特异的境界，与平原或海上不同的。果然，我们初起时，天还暗沉沉的，西方是一片的铁青，东方些微有些白意，宇宙只是——如用旧词形容——一体莽莽苍苍的。但这是我一面感觉劲烈的晓寒，一面睡眼不曾十分醒豁时约略的印象。等到留心回览时，我不由得大声的狂叫——因为眼前只是一个见所未见的境

①无魇：无穷。

名师案语

②弥漫：充满、布满。

③雾霭：雾气。

④蜿蜒：指曲折延伸。

⑤驰骋：自由地或随意地到处走动，漫游。

界。原来昨夜整夜暴风的工程，却砌成一座普遍的云海。除了日观峰与我们所在的玉皇顶以外，东西南北只是平铺着②弥漫的云气，在朝旭未露前，宛似无量数厚毳长绒的绵羊，交颈接背的眠着，卷耳与弯角都依稀辨认得出。那时候在这茫茫的云海中，我独自站在③雾霭溟濛的小岛上，发生了奇异的幻想——

我躯体无限的长大，脚下的山峦比例我的身量，只是一块拳石；这巨人披着散发，长发在风里像一面墨色的大旗，飒飒的在飘荡。这巨人竖立在大地的顶尖上，仰面向着东方，平拓着一双长臂，在盼望，在迎接，在催促，在默默的叫唤；在崇拜，在祈祷，在流泪——在流久慕未见而将见悲喜交互的热泪……

这泪不是空流的，这默祷不是不生显应的。

巨人的手，指向着东方——

东方有的，在展露的，是什么？

东方有的是瑰丽荣华的色彩，东方有的是伟大普照的光明——出现了，到了，在这里了……

玫瑰汁，葡萄浆，紫荆液，玛瑙精，霜枫叶——大量的染工，在层累的云底工作，无数④蜿蜒的鱼龙，爬进了苍白色的云堆。

一方的异彩，揭去了满天的睡意，唤醒了四隅的明霞——光明的神驹，在热奋地⑤驰骋……

云海也活了；眠熟了兽形的涛澜，又回复了伟大的呼啸，昂头摇尾的向着我们朝露染青馒形的小岛冲洗，激起了四岸的水沫浪花，震荡着这生命的浮礁，似在报告光明与欢欣之临在……

再看东方——海句力士已经扫荡了他的阻碍，雀屏似的金霞，从无垠的肩上产生，展开在大地的边沿。起……起……用力，用力。纯焰的圆颅，一探再探的跃出了地平，翻登了云背，临照在天空……

⑥歌唱呀，赞美呀，这是东方之复活，这是光明的胜利……

散发祷祝的巨人，他的身彩横亘在无边的云海上，已经渐渐的消翳在普遍的欢欣里；现在他雄浑的颂美的歌声，也已在霞采变幻中，普彻了四方八隅……

听呀，这普彻的欢声；看呀，这普照的光明！

这是我此时回忆泰山日出时的幻想，亦是我想望泰戈尔来华的颂词。

名师案语

⑥"歌唱呀，赞美呀，这是东方之复活，这是光明的胜利……"此句采用了对偶的修辞手法，表达了欢愉的心情。

名师点金

赏析·启示

文章通篇描写的都是去泰山看日出的情景和幻想，欢迎泰戈尔来华只在结尾提到。诗人的潇洒与才华都体现在这里：徐志摩并不把为泰戈尔来华写颂词的大事当作一种精神负担，他不想为文苦吟，而是兴之所至，全凭灵感。但他能把切身的经验感受调动起来，融入一种更有意味和张力的艺术创造，不失基本的艺术魅力和奇思妙笔。

※学习·拓展

《日出》是曹禺先生的代表作。《日出》以鲜明的时代性和深广的历史内容在曹禺剧作中居于领衔地位。剧本用人像展览式结构，以陈白露和方达生为中心，把社会各阶层、各色人等的生活展现在观众面前，揭露剥削制度“损不足以奉有余”的本质。在艺术创作上，作者采用横断面的描写，力求写出社会生活的真实面貌。

我过的端阳节

北戴河海滨的幻想

名师导读

从题目看这篇散文，你也许会当作写景的游记。其实，作者是借写景之名表达能得到一种静思氛围的感叹。文中最后两段使用了大量排比句，你能体会到作者要表达的情绪吗？从本文中你是否看到了作者情感和心灵的思想变迁？

他们都到海边去了。我为左眼发炎不曾去。我独坐在前廊，偎坐在一张安适的大椅内，袒着胸怀，赤着脚，一头的散发，不时有风来撩拂。清晨的晴爽，不曾消醒我初起时睡态；但梦思却半被晓风吹断。我阖紧眼帘内视，只见一斑斑消残的颜色，一似晚霞的余赭，留恋地胶附在天边。廊前的马樱，紫荆，藤萝，青翠的叶与鲜红的花，都将他们的妙影映印在水汀上，幻出幽媚的情态无数；我的臂上与胸前，亦满缀了绿荫的斜纹。从树荫的间隙平望，正见海湾：海波亦似被①晨曦唤醒，黄蓝相间的波光，在欣然的舞蹈。滩边不时见白涛涌起，迸射着雪样的水花。浴线内点点的小舟与浴客，水禽似的浮着；幼童的欢叫，与水波拍岸声，与潜涛呜咽声，相间的起伏，竞报一滩的生趣与乐意。但我独坐的廊前，却只是静静的，静静的无甚声响。妩媚的马樱，只是幽幽的微辗着，蝇虫也敛翅不飞。只有远近树里的秋蝉在纺纱似的缍引他们不尽的长吟。

名师案语

①晨曦：清晨的阳光。

在这不尽的长吟中，我独坐在冥想。难得是寂寞的环境，难得是静定的②意境；寂寞中有不可言传的和谐，静默中有无限的创造。我的心灵，比如海滨，生平初度的怒潮，已经渐次的③消翳，只剩有疏松的海砂中偶尔的回响，更有残缺的贝壳，反映星月的辉芒。此时摸索潮余的④斑痕，追想当时汹涌的情景，是梦或是真，再亦不须辨问，只此眉梢的轻皱，唇边的微哂，已足解释无穷奥绪，深深的蕴伏在灵魂的微纤之中。

青年永远趋向反叛，爱好冒险；永远如初度航海者，幻想黄金机缘于浩淼的烟波之外；想割断系岸的缆绳，扯起风帆，欣欣的投入无垠的怀抱。他厌恶的是平安，自喜的是放纵与豪迈。无颜色的生涯，是他目中的荆棘；绝海与凶巇，是他爱自由的途径。他爱折玫瑰；为她的色香，亦为她冷酷的刺毒。他爱搏狂澜：为他的庄严与伟大，亦为他吞噬一切的天才，最是激发他探险与好奇的动机。他崇拜冲动：不可测，不可节，不可预逆，起，动，消歇皆在无形中，狂飙似的倏忽与猛烈与神秘。他崇拜斗争：从斗争中求剧烈的生命之意义，从斗争中求绝对的实在，在血染的战阵中，呼嗷胜利之狂欢或歌败丧的哀曲。

幻象消灭是人生里命定的悲剧；青年的幻灭，更是悲剧中的悲剧，夜一般的沉黑，死一般的凶恶。纯粹的，倡狂的热情之火，不同阿拉亭的神灯，只能放射一时的异彩，不能永久的朗照；转瞬间，或许，便已敛熄了最后的焰舌，只留存有限的余烬与残灰，在未灭的余温里自伤与自慰。

流水之光，星之光，露珠之光，电之光，在青年的妙目中闪耀，我们不能不惊讶造化者艺术之神奇；然可怖

名师案语

②意境：指抒情性作品中呈现的那种情景交融、虚实相生、活跃着生命律动的韵味无穷的诗意空间。

③消翳：是中医术语，指消除眼睛周围的模糊缭绕的异物。

④斑痕：在一种颜色的物体表面上显露出来的别种颜色的印子。

的黑影，倦与衰与饱餍的黑影，同时亦紧紧的跟着时日进行，仿佛是烦恼，痛苦，失败，或庸俗的尾曳，亦在转瞬间，彗星似的扫灭了我们最自傲的神辉——流水涸，明星没，露珠散灭，电闪不再！

在这艳丽的日辉中，只见愉悦与欢舞与生趣，希望，闪烁的希望，在荡漾，在无穷的碧空中，在绿叶的光泽里，在虫鸟的歌吟中，在青草的摇曳中——夏之荣华，春之成功。⑤春光与希望，是长驻的；自然与人生，是调谐的。

在远处有福的山谷内，莲馨花在坡前微笑，稚羊在乱石间跳跃，牧童们，有的吹着芦笛，有的平卧在草地上，仰看交幻的浮游的白云，放射下的青影在初黄的稻田中缥缈地移过。在远处安乐的村中，有妙龄的村姑，在流涧边照映她自制的春裙；口衔烟斗的农夫三四，在预度秋收的丰盈，老妇人们坐在家门外阳光中取暖，她们的周围有不少的儿童，手擎着黄白的钱花在环舞与欢呼。

在远——远处的人间，有无限的平安与快乐，无限的春光……

在此暂时可以忘却无数的落蕊与残红；亦可以忘却花荫中掉下的枯叶，私语地预告三秋的情意；亦可以忘却苦恼的僵瘪的人间，阳光与雨露的殷勤，不能再恢复他们腮颊上生命的微笑，亦可以忘却纷争的互杀的人间，阳光与雨露的仁慈，不能感化他们凶恶的兽性；亦可以忘却庸俗的卑琐的人间，行云与朝露的丰姿，不能引逗他们刹那间的凝视；亦可以忘却自觉的失望的人间，绚烂的春时与媚草，只能反激他们悲伤的意绪。

名师案语

⑤“春光与希望，是长驻的；自然与人生，是调谐的。”此句采用了对偶的修辞手法。

名师案语

⑥狂飙：喻猛烈的社会变革或大的变动。

我亦可以暂时忘却我自身的种种；忘却我童年期清风白水似的天真；忘却我少年期种种虚荣的希冀；忘却我渐次的生命的觉悟；忘却我热烈的理想的寻求；忘却我心灵中乐观与悲观的斗争；忘却我攀登文艺高峰的艰辛；忘却刹那的启示与彻悟之神奇；忘却我生命潮流之骤转；忘却我陷落在危险的漩涡中之幸与不幸；忘却我追忆不完全的梦境；忘却我大海底里埋着的秘密；忘却曾经刳割我灵魂的利刃，炮烙我灵魂的烈焰，摧毁我灵魂的⑥狂飙与暴雨；忘却我的深刻的怨与艾；忘却我的冀与愿；忘却我的恩泽与惠感；忘却我的过去与现在……

过去的实在，渐渐的膨胀，渐渐的模糊，渐渐的不可辨认；现在的实在，渐渐的收缩，逼成了意识的一线，细极狭极的一线，又裂成了无数不相联续的黑点……黑点亦渐次的隐翳？幻术似的灭了，灭了，一个可怕的黑暗的空虚……

名师点金

赏析·启示

《北戴河海滨的幻想》是一篇能让读者在心理和艺术上得到无穷的享受的美文。作者的主要意图并不是要把北戴河的风光美景写出，而是通过描写喧闹来衬托其所得境地的寂静。在描写自然时，文中显露了鲜活的灵性。

※学习·拓展

北戴河海滨地处河北省秦皇岛市市中心的西部。是秦皇岛的城市区之一。受海洋气候的影响，夏无酷暑，冬无严寒，常年保持一级大气质量，没有污染，没有噪音，城市森林覆盖率达 54%，人均绿地 630 平方米。这里气候宜人，二十里长、曲折平坦的沙质海滩，沙软潮平，背靠树木葱郁的联峰山，自然环境优美。

我过的端阳节

名师导读

《我过的端午节》一文写了人在自然环境和社会环境中的种种表现，其蕴含着深刻的内涵与哲理，这个深刻的内涵带给我们怎样的启示呢？徐志摩对于"文明"、"文明人"是怎样看的呢？

名师案语

①"头里的血，像沸水似的急流。"此句中含有比喻和夸张的修辞手法。

②混沌：形容糊里糊涂、无知无识的样子。

我方才从南口回来。天是真热，朝南的屋子里都到九十度以上，两小时的火车竟如在火窖中受刑，坐起一样的难受。我们今天一早在野鸟开唱以前就起身，不到六时就骑骡出发，除了在永陵休息半小时以外，一直到下午一时余，只是在高度的日光下赶路。我一到家，只觉得四肢的筋肉里像用细麻绳扎紧似的难受，①头里的血，像沸水似的急流，神经受了烈性的压迫，仿佛无数烧红的铁条蛇盘似的绞紧在一起……

一进阴凉的屋子，只觉得一阵眩晕从头顶直至踵底，不仅眼前望不清楚，连身子也有些支持不住。我就向着最近的藤椅上瘫了下去，两手按住急颤的前胸，紧闭着眼，纵容内心的②混沌，一片黯黄，一片茶青，一片墨绿，影片似的在倦绝的眼膜上扯过……

直到洗过了澡，神志方才回复清醒，身子也觉得异常的爽快，我就想了……

人啊，你不自己惭愧吗？

野兽，自然的，③强悍的，活泼的，美丽的，我只是羡慕你！

什么是文明人：只是腐败了的野兽！你若然是拿住一个文明惯了的人类，剥了他的衣服装饰，夺了他作伪的工具——语言文字，把他赤裸裸的放在荒野里看看——多么“寒碜”的一个畜生呀！恐怕连长耳朵的小骡儿，都瞧他不起哪！

白天，狼虎放平在丛林里睡觉，他躲在树荫底下发痧；

晚上，清风在树林中演奏轻微的妙乐，鸟雀儿在巢里做好梦，他倒在一块石上发烧咳嗽——着了凉了！

也不等狼虎去商量他有限的皮肉，也不必小雀儿去嘲笑他的懦弱；单是他平常歌颂的艳阳与凉风，甘霖与朝露，已够他的受用：在几小时之内可使他脑子里消灭了金钱名誉经济主义等等的虚景，在一半天之内，可使他心窝里消灭了人生的情感悲乐种种的幻象，在三两天之内——如其那时还不曾受淘汰——可使他整个的超出了文明人的丑态，那时就叫他放下两只手来替脚平分走路的负担，他也不以为离奇，抵拚撕破皮肉爬上树去采果子吃，也不会感觉到体面的观念……

平常见了活泼可爱的野兽，就想起红烧野味之美，现在你失去了文明的保障，但求彼此平等待遇两不相犯，已是万分的④侥幸……

⑤文明只是个荒谬的状况；文明人只是个凄惨的现象，——

我骑在骡上嚷累叫热，跟着哑巴的骡夫，比手势告诉我他整天的跑路，天还不算顶热，他一路很快活的不时采一朵野花，拆一茎麦穗，笑他古怪的笑，唱他哑巴

名师案语

③强悍：强壮勇猛。

④侥幸：由于偶然的原因而得到成功或免去灾害。

⑤“文明只是个荒谬的状况；文明人只是个凄惨的现象。”此句为本文的主题句，起着点明主旨的作用。

的歌；我们到了客寓喝冰汽水喘息，他路过一条小涧时，扑下去喝一个贴面饱，同行的有一位说：“真的，他们这样的胡喝，就不会害病，真贱！”

回头上了头等车，坐在皮椅上嚷累叫热，又是一瓶两瓶的冰水，还怪嫌车里不安电扇；同时前面火车头里司机的加煤的，在一百四五十度的高温里笑他们的笑，谈他们的谈……

田里刈麦的农夫拱着棕黑色的裸背在做工，从清早起已经做了八九时的工，热烈的阳光在他们的皮上像在打出火星来似的，但他们却不曾嚷腰酸、叫头痛……

我们不敢否认人是万物之灵；我们却能断定人是万物之淫；

什么是现代的文明；只是一个淫的现象；

淫的代价是活力之腐败与人道之丑化；

前面是什么？没有别的，只是一张黑沉沉的大口，在我们运定的道上张开等着，时候到了把我们整个的吞了下去完事！

名师点金

赏析·启示

徐志摩讨厌社会文明，他看到社会文明给人类带来的灾害，看到人类“穷人从事的过分繁重的工作和富人尽情享受的有害的养尊处优的生活”。看着人类穿上虚伪的文明外衣，徐志摩感到心寒。徐志摩肯定艺术的社会功效，认为“真纯的艺术的最高的效用在于扩大净化人道与同情”，希望通过艺术来改变人生，改变社会。

※学习·拓展

端午节为每年农历五月初五，又称端午节、午日节、五月节等；端午节是中国汉族人民纪念屈原的传统节日，更有吃粽子、赛龙舟、挂菖蒲、艾叶、蒿草，喝雄黄酒的习俗。“端午节”为国家法定节假日之一，并被列入世界非物质文化遗产名录。

西湖记

名师导读

《西湖记》是一篇以时间为轴线的日记体散文。作者在西湖边同几位好友畅游，有了哪些感悟与转变呢？这对以后作者写作文风的改变有何影响呢？

九月七日

方才又来了一位丫姑太太，手里抱着一个岁半的女孩，身边跟着一个五六岁的男孩。男的是她亲生的，女的是育婴堂里抱来的；他们是一对小夫妻！小媳妇在她婆婆的胸前吃奶，①手舞足蹈的很快活。

明天祖母回神。良房里的病人立刻就要倒下来似的。积年的肺痨，外加风症，外加一家老小的一团乌糟——简直是一家毒菌的工厂，和他们同住的真是危险。若然在今晚明朝倒了下来，免不得在大厅上收殓，夹着我家的二通，那才是糟！她一去，他们一房剩下的是一个黑籍的老子，一窍不通的，一群瘦骨如柴肺病种的小孩！

为一个讣闻上的继字，听说镇上一群人在沸沸的议论，说若然不加继字，直是蔑视孙太夫人。他们的口舌原来姑丈只比作他家里海棠树上的雀噪，一般的无意识，一般的招人烦厌。我们写信去请教名家以后，适

名师案语

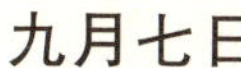

①手舞足蹈：蹈，顿足踏地。两手舞动，两只脚也跳了起来。形容高兴到了极点。也手乱舞、脚乱跳的狂态。

之已有回信，他说古礼原配与继室，原没有分别，继妣的俗例，一定是后人②歧视后母所定的；据他所知，古书上绝无根据。

九月二十九日

这一时③骤然的生活改变了态度，虽则不能说是从忧愁变到快乐，至少却也是从沉闷转成活泼。最初是父亲自己也闷慌了，有一天居然把那只游船收拾个干净，找了叔薇兄弟等一群人，一直开到东山背后，过榆桥转到横头景转桥，末了还看了电灯厂方才回家。那天很愉快！塔影河的两岸居然被我寻出了一爿两片经霜的枫叶。我从水面上捞到了两片，不曾红透的，但着色糯净得可爱。寻红叶是一件韵事。（早几天我同绎莪阿六带了水果月饼玫瑰酒到东山背后去寻红叶，站在俞家桥上张皇的回望，非但一些红的颜色都找不到，连枫树都不易寻得出来，失望得很。后来翻山上去，到宝塔边去痛快的吐纳了一番。那时已经瞑色渐深，西方只剩有几条青白色，月亮已经升起，我们慢慢的绕着塔院的外面下去，歇在问松亭里喝酒，三兄弟喝完了一瓶烧酒，方才回家。山脚下又布施了上月月下结识的丐友，他还问起我们答应他的冬衣哪！）菱塘里去买菱吃，又是一件趣事。那钵盂峰的下面，都是菱塘，我们船过时，见鲜翠的菱塘里，有人坐着圆圆的菱桶在采摘。我们就嚷着买菱。买了一桌子的菱，青的红的，满满的一桌子。“树头鲜”真是好吃，怪不得人家这么说。我选了几只嫩青，带回家给妈吃，她也说好。

这是我们第一次称心的活动。

名师案语

②歧视：人对人就某个缺陷、缺点、能力、出身以不平等的眼光对待。

③骤然：突然、忽然、一瞬间。

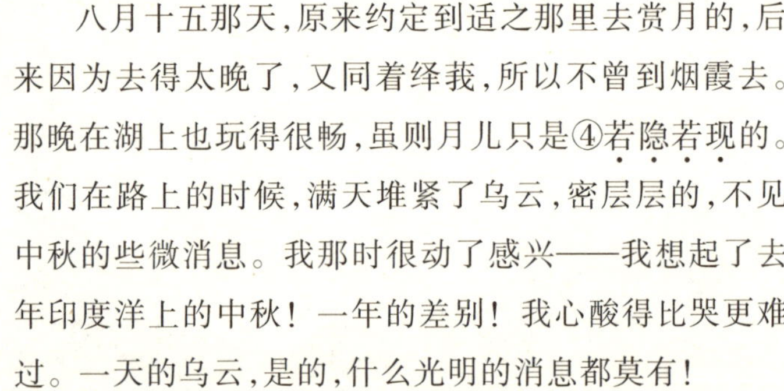

名师案语

④若隐若现：隐隐约约、看不清楚。

八月十五那天，原来约定到适之那里去赏月的，后来因为去得太晚了，又同着绎莪，所以不曾到烟霞去。那晚在湖上也玩得很畅，虽则月儿只是④若隐若现的。我们在路上的时候，满天堆紧了乌云，密层层的，不见中秋的些微消息。我那时很动了感兴——我想起了去年印度洋上的中秋！一年的差别！我心酸得比哭更难过。一天的乌云，是的，什么光明的消息都莫有！

我们在清华开了房间以后，立即坐车到楼外楼去。吃得很饱，喝得很畅。桂花栗子已经过时，香味与糯性都没有了。到九点模样，她到底从云阵里奋战了出来，满身挂着胜利的霞彩。我在楼窗上靠出去望见湖光渐渐的由黑转青，青中透白，东南角上已经开朗，喜得我大叫起来。我的欢喜不仅为的月出；最使我痛快的，是在于这失望中的满意。满天的乌云，我原来已经抵拚拿雨来换月，拿抑塞来换光明，我抵拚喝他一个醉，回头到梦里去访中秋，寻团圆——梦里是甚么都有的。

我们站在白堤上看月望湖，月有三大圈的彩晕，大概这就算是月华的了。

月出来不到一点钟又被乌云吞没了，但我却盼望，她还有扫荡廓清的能力，盼望她能在一半个时辰内，把掩盖住青天的妖魔，一齐赶到天的那边去，盼望她能尽量的开放她的清辉，给我们爱月的一个尽量的陶醉——那时我便在三个印月潭和一座雷峰塔的媚影中做一个小鬼，做一个永远不上岸的小鬼，都情愿，都愿意。

“贼相”不在家，末了抓到了蛮子仲坚，高兴中买了许多好吃的东西——有广东夹沙月饼——雇了船，一直望湖心里进发。

三潭印月上岸买栗子吃，买莲子吃；坐在九曲桥上谈天，讲起湖上的对联，骂了康圣人一顿。后来走过去在桥上发现有三个人坐着谈话，几上放有茶碗。我正想对仲坚说他们倒有意思，那位老翁涩重的语音听来很熟，定睛看时，原来他就是康大圣人！

下一天我们起身已不早，绎莪同意到烟霞洞去，路上我们逛了雷峰塔，我从不曾去过，这塔的形与色与地位，真有说不出的神秘的庄严与美。塔里面四大根砖柱已被拆成倒置圆锥体形，看看危险极了。轿夫说："白状元的坟就在塔前的湖边，左首草丛里也有一个坟，前面一个石碣，说是白娘娘的坟。"我想过去，不料满径都是荆棘，过不去。雷峰塔的下面，有七八个鹄形鸠面的丐僧，见了我们一齐张起他们的破袈裟，念佛要钱。这倒颇有诗意。

我们要上桥时，有个人手里握着一条一丈余长的蛇，叫着放生，说是小青蛇。我忽然动心，出了两角钱，看他把那蛇扔在下面的荷花池里，我就怕等不到夜它又落在他的手里了。

进石屋洞初闻桂子香——这香味好几年不闻到了。

到烟霞洞时上门不见土地，适之和高梦旦他们一早游花坞去了。我们只喝了一碗茶，捡了几张大红叶——疑是香樟——就急急的下山。香蕉月饼代饭。到龙井，看了看泉水就走。

前天在车里想起雷峰塔做了一首诗用杭白。

那首是白娘娘的古墓，
（划船的手指着蔓草深处）
客人，你知道西湖上的佳话，
白娘娘是个多情的妖魔。

她为了多情，反而受苦—
爱了个没出息的许仙，她的情夫；
他听信一个和尚，一时的糊涂，
拿一个钵盂，把她妻子的原形罩住。

名师案语

到今朝已有千把年的光景，
可怜她被镇压在雷峰塔底——
这座残败的古塔，凄凉地，
庄严地，永远在南屏的晚钟声里！

十月一日

前天乘看潮专车到斜桥，同行者有叔永、莎菲、经农、莎菲的先生 Ellery，叔永介绍了汪精卫。一九一八年在南京船里曾经见过他一面，他真是个美男子，可爱！适之说他若是女人一定⑤死心塌地的爱他，他是男子……他也爱他！

⑤死心塌地：死心，不变心；塌地，指心里塌实。原指心里塌实，不再做别的打算。现形容主意已定，决不改变或心甘情愿。

精卫的眼睛，圆活而有异光，仿佛有些青色，灵敏而有侠气。马君武也加入我们的团体。到斜桥时适之等已在船上，他和他的表妹及陶知行，一共十人，分两船。中途集在一只船里吃饭，十个人挤在小舱里，满满的臂膀都掉不过来。饭菜是大白肉，粉皮包头鱼，豆腐小白菜，芋艿，大家吃得很快活。精卫闻了黄米香，乐极了。我替曹女士蒸了一个大芋头，大家都笑了。精卫酒量极好，他一个人喝了大半瓶白玫瑰。我们讲了一路诗，精卫是做旧诗的，但他却不偏执，他说他很知道新诗的好处。但他自己因为不曾感悟到新诗应有的新音节，所以不曾尝试。我同适之约替陆志苇的《渡河》作一篇书评。

我原定请他们看夜潮，看过即开船到硖石，一早吃锦霞馆的羊肉面，再到俞桥去看了枫叶，再乘早车动身各分南北。后来叔永夫妇执意要回去，结果一半落北，一半上南，我被他们拉到杭州去了。

过临平与曹女士看暝色里的山形，黑鳞云里隐现的初星，西天边火饰似的红霞。

楼外楼吃蟹，精卫大外行！

湖心亭畔荡舟看月。

三潭印月闻桂花香。

十月四日

昨天与君劢、菊农等去常州。乘便游了天宁寺，大殿上有一二百个和尚在礼忏，钟声，磬声，鼓声，佛号声，合成一种宁静的和谐，使我感到异样的意境。走进大殿去，只闻着极浓馥的檀香，青色的氤氲，一直上腾到三世佛的面前，又是一种庄严而和蔼，静定的境界。

十月五日

方才从君劢处吃蟹回来，路上买得两本有趣的旧书：一是 Mark Twin 的 *Is Shakespear Dead?* 一是 Sidney Lanier 的 *Music and Poetry*，虽旧，却都是初版，不易得到的。

早上同裕卿到吴淞去吊君革，听了他出现的奇迹，今天我对人便讲，也已写信去告诉爸妈。这实在是太离奇了，难道最下等的迷信会有根据的吗？纸衣，纸锭，经忏，寿限……这话真是太渺茫了。我已经约定君革的母亲，他的阴灵回家时，我要去会他。君劢亦愿意去看个究竟。

今天与振飞在一枝香吃饭，谈法国文学颇畅，振飞真是个“风雅的生意人”。

十月九日

前天在常州车站上渡桥时，西天正染着我最爱的嫩青与嫩黄的和色，一颗烁亮的初星从一块云斑里爬了出来，我失声大叫好景。菊农说：“寡人有疾，寡人好色！”好色是真的。最初还带几分勉强，现在看的更锐敏，欣赏也更自然了。今夜我为眼怕光，拿一张红油光纸来把电灯包了，光线恬静得多。在这微红的灯光里，烟卷烧着的一头，吸时的闪光，发出一痕极艳的青光，像磷。

名师案语

十月十一日

方才从美丽川回来，今夜叔永夫妇请客，有适之，经农，擘黄，云五，梦旦，君武，振飞；精卫不曾来，君劢阔席。君劢初见莎菲，大倾倒，顷与散步时热忱犹溢，尊为有“内心生活”者，适之不禁狂笑。君武大怪精卫从政，忧其必毁。

午间东荪借君劢处请客，有适之菊农筑山等。与菊农偃卧草地上朗诵斐德的《诗论》，与哈代的诗。

午后为适之拉去沧州别墅闲谈，看他的烟霞杂诗，问尚有匿而不宣者否，适之赧然曰有，然未敢宣，以有所顾忌。《努力》已决停版，拟改组，大体略似规复《新青年》，因仲甫又复拉拢，老同志散而复聚亦佳。适之问我“冒险”事，云得自可恃来源，大约梦也。

秋白亦来，彼病肺已证实，而旦夕劳作不能休，可悯。适之翻示沫若新作小诗，陈义体格词采皆见竭蹶，岂《女神》之遂永逝？

与适之经农，步行去民厚里一二一号访沫若，久觅始得其居。沫若自应门，手抱⑥襁褓儿，跣足，敞服（旧学生服），状殊憔悴，然广额宽颐，怡和可识。入门时有客在，中有田汉，亦抱小儿，转顾间已出门引去，仅记其面狭长。沫若居至隘，陈设亦杂，小孩羼杂其间，倾跌须父抚慰，涕泗亦须父揩拭，皆不能说华语；厨下木屐声卓卓可闻，大约即其日妇。坐定⑦寒暄已，仿吾亦下楼，殊不谈话，适之虽勉寻话端以济枯窘，而主客间似有冰结，移时不涣。沫若时含笑睇视，不识何意。经农竟噤不吐一字，实亦无从端启。五时半辞出，适之亦甚讶此会之窘，云上次有达夫时，其居亦稍整洁，谈话亦较融洽。然以四手而维持一日刊，一月刊，一季刊，其情况必不

⑥襁褓：襁，指婴儿的带子，褓，指小儿的被子。后来以此借指未满周岁的婴儿。

⑦寒暄：嘘寒问暖。今泛指宾主见面时谈天气冷暖之类的应酬话。

甚愉适，且其生计亦不裕，或竟窘，无怪其以狂叛自居。

十月十二日

方才沫若领了他的大儿子来看我，今天谈得自然的多了。他说要写信给西滢，为他评《茵梦湖》的事。怪极了，他说有人疑心西滢就是徐志摩，说笔调像极了。这倒真有趣，难道我们英国留学生的腔调的确有与人各别的地方，否则何以有许多人把我们俩混作一个？他开年要到四川赤十字医院去，他也厌恶上海。他送了我一册《卷耳集》，是他《诗经》的新译；意思是很好，他序里有自负的话："……不怕就是孔子复生，他定也要说出'启予者沫若也'的一句话。"我还只翻看了几首。

沫若入室时，我正在想做诗，他去后方续成。用诗的最后的语句作题——"灰色的人生"，问樵倒读了好几篇，似乎很有兴会似的。

同谭裕靠在楼窗上看街。他列说对街几家店铺的隐幕，颇使我感触，卑污的，罪恶的人道，难道便不是人道了吗？

十月十三日

昨写此后即去适之处长谈，自六时至十二时不少休。归过慕尔鸣路时又遇君劢菊农等，正洗澡归，截劫，拥入室内，勒不令归，因在沙发上胡睡一宵，头足岖峣，甚苦，又有巨蚊相扰，故得寐甚微。

与适之谈，无所不至，谈书谈诗谈友情谈爱谈恋谈人生谈此谈彼，不觉夜之渐短。适之是转老回童的了，可喜！

凡适之诗前有序后有跋者，皆可疑，皆将来索引资料。

十月十五日　回国周年纪念

今天是我回国的周年纪念。恰好冠来了信，一封六页的长信，多么难得的，可珍的点缀啊！去年的十月十五日，天将晚时，我在三岛丸船上拿着望远镜望碇泊处的接客者，渐次的望着了这个亲，那个友，与我最爱的父亲，五年别后，似乎苍老了不少。那时我在狂跳的心头，突然迸起一股不辨是悲是喜的寒流，腮边便觉着两行急流的热泪。后来回三泰栈，我可怜的娘，生生的隔绝了五年，也只有两行热泪迎接她惟一的不孝的娇儿。但久别初会的悲感，毕竟是暂时的，久离重聚的欢怀，毕竟是实现了。那时老祖母的不减的清健，给我不少的安慰，虽则母亲也着实见老。

今年的十月十五日——今天呢？老祖母已经做了天上的仙神，再不能亲见她钟爱的孙儿生命里命定非命定的一切——今天已是她离人间的第四十九日！这是个不可补的缺陷，长驻的悲伤。我最爱的母亲，一生只是痛苦与烦劳与不怿，往时还盼望我学成后补偿她的慰藉，如今却只是病更深，烦更剧，愁思益结，我既不能消解她的愁源，又不能长侍她的左右，多少给她些温慰。父亲也是一样的失望，我不能代替他一分一息的烦劳，却反增添了他无数的白发。我是天壤间怎样的一个负罪，内疚的人啊！

一年，三百六十有五日，容易的过去了。我的原来的活泼的性情与容貌，自此亦永受了“年纪”的印痕——又是个不可补的缺陷，一个长驻的悲伤！

我最敬最爱的友人呀，我只能独自地思索，独自地想象，独自地抚摩时间遗下的印痕，独自地感觉内心的隐痛，独自地呼嗟，独自地流泪……方才我读了你的来信，江潮般的感触，横塞了我的胸臆，我竟忍不住啜泣了。我只是个乞儿，轻拍着人道与同情紧闭着的大门，妄想门内人或许有一念的慈悲，赐给一方便——但我在门外站久了，门内不闻声响，门外劲刻的凉风，却反向着我褴褛的躯骸狂扑——我好冷呀，大门内慈悲的人们呀！

前日沫若请在美丽川，楼石庵适自南京来，故亦列席。饮者皆醉，适之说诚恳话，沫若遽抱而吻之——卒飞拳投詈而散——骂美丽川也。

今晚与适之回请，有田汉夫妇与叔永夫妇，及振飞。大谈神话。出门时见腴庐——振飞言其姊妹为“上海社会之花”。

十月十六日

昨夜散席后，又与适之去亚东书局，小坐，有人上楼，穿蜡黄西服，条子绒线背心，行路甚捷，帽沿下卷——颇似捕房“三等侦探”，适之起立为介绍，则仲甫也。彼坐我对面，我睇其貌，发甚高，几在顶中，前额似斜坡，尤异者则其鼻梁之峻直，歧如眉脊，线画分明，若近代表现派仿非洲艺术所雕铜像，异相也。

与适之约各翻曼殊斐儿作品若干篇，并邀西滢合作，由泰东书局出版，适之冀可售五千。

读 E.Dowden 勃朗宁传，我最爱其夫妇恋史之高洁，白莱德长罗勃德六岁，其通信中有语至骇至蠢至有味：——

“I Never thought of being happy through you or by you or in you, even your good was all my idea of good and is.”

“Let me be too near to be seen …… once I used to be uneasy, and to think that I ought to make you see me. But Love is better than Sight.”

“I Love your Love too much. And that is the worst fault. My beloved, I can ever find in my love of you.”

谈明宣——她是抚堂先生的小女儿，今年九岁，颇明慧可爱，我抱置膝上，诵诗娱之。

十月十七日

振铎顷来访，蜜月实仅三朝，又须如陆志苇所谓“仆仆从公”矣。

幼仪来信，言归国后拟办幼稚院，先从硖石人手。

日间不曾出门，五时吃三小蟹，饭后与树屏等闲谈，心至不怿。

忽念阿云，独彼明眸可解我忧，因即去天吉里，渭孙在家，不见阿云，讶问则已随田伯伯去绍兴矣。

我爱阿云甚，我今独爱小友，今宝宝二三四爷恐均忘我矣！

十月二十一日

昨下午自硖到此，与适之经农同寓，此来为“做工”，此来为“寻快活”。

昨在火车中，看了一个小沄做的《龙女》的故事，颇激动我的想象。

经农方才又说，日子过得太快了，我说日子只是过的太慢，比如看书一样，乏味的页子，尽可以随便翻他过去——但是到什么时候才翻得到不乏味的页子呢？

我们第一天游湖，逛了湖心亭——湖心亭看晚霞看湖光是湖上少人注意的一个精品——看初华的芦荻，楼外楼吃蟹，曹女士贪看柳梢头的月，我们把桌子移到窗口，这才是持螯看月了！夕阳里的湖心亭，妙；月光下的湖心亭，更妙。晚霞里的芦雪是金色；月下的芦雪是银色。莫泊桑有一段故事，叫做 *In The Moonlight*，白天适之翻给我看，描写月光激动人的柔情的魔力，那个可怜的牧师，永远想不通这个矛盾："既然上帝造黑夜来让我们安眠，这样绝美的月色，比白天更美得多，又是什么命意呢？"便是最严肃的，最古板的宝贝，只要他不曾死透僵透，恐怕也禁不起"秋月的银指光儿，浪漫的搔爬"！曹女士唱了一个"秋香"歌，婉曼得很。

三潭印月——我不爱什么九曲，也不爱什么三潭，我爱在月光下看雷峰静极了的影子——我见了那个，便不要性命。

阮公墩也是个精品，夏秋间竟是个绿透了的绿洲，晚上雾霭苍茫里，背后的群山，只剩了轮廓！它与湖心亭一对乳头形的浓青——墨青，远望去也分不清是高树与低枝，也分不清是榆荫是柳荫，只是两团媚极了的青屿——谁说这上面不是神仙之居？

我形容北京冬令的西山，寻出一个"钝"字；我形容中秋的西湖，舍不了一个"嫩"字。

昨夜二更时分与适之远眺着静偃的湖与堤与印在波光里的堤影，清绝秀绝媚绝，真是理想的美人，随她怎样的姿态，也比拟不得的绝色。我们便想出去拿舟玩月；拿一只轻如秋叶的小舟，悄悄的滑上了夜湖的柔胸，拿一支轻如芦梗的小桨，幽幽的拍着她光润、蜜糯的芳容，挑着她雾縠似的梦壳，扁着身子偷偷的挨了进去，也好分赏她贪饮月光醉了的妙趣！

但昨夜却为泰戈尔的事缠住了，辜负了月色，辜负了湖光，不曾去拿舟，也不曾去偷尝"西子"的梦情；且待今夜月来时吧！

名师案语

“数大”便是美，碧绿的山坡前几千个绵羊，挨成一片的雪绒，是美；一天的繁星，千万双闪亮的神眼，从无极的蓝空中下窥大地，是美；泰山顶上的云海，巨万的云峰在晨光里静定着，是美；沧海万顷的波浪，戴着各式的白帽，在日光里动荡着，起落着，是美；爱尔兰附近的那个“羽毛岛”上栖着几千万的飞禽，夕阳西沉时只见一个“羽化”的太空，只是万鸟齐鸣的大声，是美，……数大便是美，数大了，似乎按照着一种自然律，自然的会有一种特殊的排列，一种特殊的节奏，一种特殊的式样，激动我们审美的本能，激发我们审美的情绪。

所以西湖的芦荻，与花坞的竹林，也无非是一种数大的美。但这数大的美，不是智力可以分析的，至少不是我的智力所能分析的。看芦花与看黄熟的麦田，或从高处看松林的顶颠，性质是相似的；但因颜色的分别，白与黄与青的分别，我们对景而起的情感，也就各各不同。季候当然也是个影响感兴的元素。芦雪尤其代表气运之转变，一年中最显著最动人深感的转变；象征中秋与三秋间万物由荣入衰的微指；所以芦荻是个天生的诗题。

西湖的⑧芦苇，年来已经渐次的减少，主有芦田的农人，因为芦柴的出息远不如桑叶，所以改种桑树，再过几年，也许西溪的“秋雪”，竟与苏堤的断桥，同成陈迹！

⑧芦苇：多年生草本植物，多生长在水边，叶子披针形，茎中空，光滑，花紫色。茎可以编席，也可以造纸。根状茎可入药，也叫苇子。

在白天的日光中看芦花，不能见芦花的妙趣；它是同丁香与海棠一样，只肯在月光下泄漏它灵魂的秘密；其次亦当在夕阳晚风中。去年十一月我在南京看玄武湖的芦荻，那时柳叶已残，芦花亦飞散过半，但紫金山反射的夕照与城头倏起的凉飔，从苇里惊起了野鸭无数，墨点似的洒满云空（高下的鸣声相和），与一湖的飞絮，沉醉似的舞着，写出一种凄凉的情调，一种缠绵的⑨意境，我只能称之为“秋之魂”，不可以言语比况的秋

⑨缠绵：委婉动人，婉转动人。

之魂！又一次看芦花的经验是在月夜的大明湖，我写给徽那篇《月照与湖》（英文的）就是纪念那难得的机会的。

所以前天西溪的芦田，它本身并不曾怎样的激动我的情感。与其白天看西溪的芦花，不如月夜泛舟到湖心亭去看芦花，近便经济得多。

花坞的竹子，可算一绝，太好了，我竟想不出适当的文字来赞美；不但竹子，那一带的风色都好，中秋后尤妙，一路的黄柳红枫，真叫人应接不暇！

三十一那天晚上我们四个人爬登了葛岭，直上初阳台，转折处颇类香山。

十月二十三日

昨天（二十二日）是一个纪念日，我们下午三人出去到壶春楼，在门外路边摆桌子喝酒。适之对着西山，夕晖留在波面上的余影，一条直长的金链似的，对映山后渐次泯灭的琥珀光；经农坐在中间，自以为两面都看得到，也许他一面也不曾看见；我的座位正对着东方初升在晚霭里渐渐皎洁的明月，银辉渗着的湖面，仿佛听着了爱人的裾响似的，霎时呼吸紧迫，心头狂跳。城南电灯厂的煤烟，那时顺着风向，一直吹到北高峰，在空中仿佛是一条漆黑的巨蟒，荫没了半湖的波光，益发衬托出受月光处的明粹。这时缓缓的从月下过来一条异样的船，大约是砖瓦船，长的，平底的。没有船舱，也没有篷帐，静静的从月光中过来，船头上站着一个不透明的人影，手里拿着一支长竿，左向右向的撑着，在银波上缓缓的过来——一幅精妙的“雪罗蔼”，镶嵌在万顷金波里，悄悄的悄悄的移着：上帝不应受赞美吗？我疯癫似的醉了，醉了！

饭后我们到湖心亭去，横卧在湖边石板上，论世间不平事，我愤怒极了，呼嗷，咒诅，顿足，都不够发泄。后来独自划船，绕湖心亭一周，听桨破小波声，听风动芦叶声，方才勉强把无明火压了下去。

十月二十八日　下午八时

完了，西湖这一段游记也完了。经农已经走了，今天一早走的，但像是已经去了几百年似的。适之已定后天回上海。我想明天，迟至后天早上走。方才我们三个人在杏花村吃饭吃蟹，我喝了几杯酒。冬笋真好吃。

一天的繁星，我放平在船上看星。沉沉的宇宙，我们的生命究竟是个什么东西？我又摸住了我的伤痕。星光呀，仁善些，不要张着这样讥刺的眼，倍增我的难受。

名师点金

赏析·启示

《西湖记》是徐志摩归国后与友人同游西湖的记录。在《西湖记》中，徐志摩真实而艺术地记载了在这段时间里他与胡适的交往，并受到胡适深刻地影响，使其在艺术观、审美观和世界观等方面发生了深刻的变化，还有他作为一个浪漫诗人在对生命的体验认识方面所释放出来的巨大能量。

※学习·拓展

《晓出净慈寺送林子方》是南宋诗人杨万里的一首七言绝句。该作品生动的描绘出了杭州西湖夏季时的不胜美景，表达了作者对西湖的赞美，同时也表达了作者送别好友时的依依不舍之情。

丑西湖

名师导读

你曾去过西湖吗？西湖给你留下了怎样的印象？有诗句这样赞美西湖："欲把西湖比西子，浓妆淡抹总相宜。"在诗人徐志摩的眼中，自然的西湖景观是怎样的呢？徐志摩对于今日西湖的变化是怎样评价的呢？

"欲把西湖比西子，浓妆淡抹总相宜。"我们太把西湖看理想化了。夏天要算是西湖浓妆的时候，堤上的杨柳绿成一片浓青，里湖一带的荷叶荷花也正当满艳，朝上的烟雾，向晚的晴霞，哪样不是现成的诗料，但这西姑娘你爱不爱？我是不成，这回一见面我回头就逃！什么西湖，这简直是一锅腥臊的热汤！西湖的水本来就浅，又不流通，近来满湖又全养了大鱼，有四五十斤的，把湖里袅袅婷婷的水草全给咬烂了，水浑不用说，还有那鱼腥味儿顶叫人难受。说起西湖养鱼，我听得有种种的说法，也不知哪样是内情：有说养鱼甘脆是官家谋利，放着偌大一个鱼沼，养肥了鱼打了去卖不是顶现成的；有说养鱼是为预防水草长得太①放肆了怕塞满了湖心，也有说这些大鱼都是大慈善家们为要延寿或是求子或是求财源茂健特为从别地方买了来放生在湖里的，而且现在打鱼当官是不准。不论怎么样，西湖确是变了鱼湖了。六月以来杭州据说一滴水都没有过，西湖当然水

名师案语

①放肆：(言行)轻率任意，毫不顾忌。

浅得像个干血痨的美女，再加那腥味儿！今年南方的热，说来我们住惯北方的也不易信，白天热不说，通宵到天亮也不见放松，天天大太阳，夜夜满天星，节节高的一天暖似一天。杭州更比上海不堪，西湖那一洼浅水用不到几个钟头的晒就离滚沸不远什么，四面又是山，这热是来得去不得，一天不发大风打阵，这锅热汤，就永远不会凉。我那天到了晚上才雇了条船游湖，心想比岸上总可以凉快些。好，风不来还熬得，风一来可真难受极了，又热又带腥味儿，真叫人发眩作呕，我同船一个朋友当时就病了，我记得红海里两边的沙漠风都似乎较为可耐些！夜间十二点我们回家的时候都还是热虎虎的。还有湖里的蚊虫！简直是一群群的大水鸭子！我一生定就活该。

这西湖是太难了，气味先就不堪。再说沿湖的去处，本来顶清淡宜人的一个地方是平湖秋月，那一方平台，几棵杨柳，几折回廊，在秋月清澈的凉夜去坐着看湖确是别有风味，更好在去的人绝少，你夜间去总可以独占，唤起看守的人来泡一碗清茶，冲一杯藕粉，和几个朋友闲谈着消磨他半夜，真是清福。我三年前一次去有琴友有笛师，躺平在杨树底下看揉碎的月光，听水面上翻响的幽乐，那逸趣真不易。西湖的俗化真是一日千里，我每回去总添一度伤心：雷峰也羞跑了，断桥折成了汽车桥，哈得在湖心里造房子，某家大少爷的汽油船在三尺的柔波里兴风作浪，工厂的烟替代了出岫的霞，大世界以及什么舞台的锣鼓充当了湖上的啼莺，西湖，西湖，还有什么可留恋的！这回连平湖秋月也给糟蹋了，你信不信？

“船家，我们到平湖秋月去，那边总还清静。”

“平湖秋月？先生，清静是不清静的，格歇开了酒馆，酒馆着实闹忙哩，你看，望得见的，穿白衣服的人多煞勒瞎，扇子□得活血血的，还有唱唱的，十七八岁的姑娘，听听看——是无锡山歌哩，胡琴都蛮清爽的……”

那我们到楼外楼去吧。谁知楼外楼又是一个伤心！原来楼外楼那一楼一底的旧房子斜斜的对着湖心亭，几张揩抹得发白光的旧桌子，一两个上年纪的老堂倌，活络络的鱼虾，滑齐齐的莼菜，一壶远年，一碟盐水花生，我每回到西湖往往偷闲独自跑去领略这点子古色古香，靠在阑干上从堤边杨柳荫里望滟滟的湖光，晴有晴色，雨雪有雨雪的景致，要不然月上柳梢时意味更长，好在是不闹，晚上去也是独占的时候多，一边喝着热酒，一边与老堂倌随便讲讲湖上风光，鱼虾行市，也自有一种说不出的愉快。但这回连楼外楼都变了面目！地址不曾移动，但翻造了三层楼带屋顶的洋式门面，新漆亮光光的刺眼，在湖中就望见楼上电扇的疾转，客人闹盈盈的挤着，堂倌也换了，穿上西崽的长袍，原来那老朋友也看不见了，什么②闲情逸趣都没有了！我们没办法移一个桌子在楼下马路边吃了一点东西，果然连小菜都变了，真是可伤。泰戈尔来看了中国，发了很大的感慨。他说，“世界上再没有第二个民族像你们这样③蓄意的制造丑恶的精神。”怪不过老头牢骚，他来时对中国是怎样的期望(也许是诗人的期望)，他看到的又是怎样一个现实！狄更生先生有一篇绝妙的文章，是他游泰山以后的感想，他对照西方人的俗与我们的雅，他们的唯利主义与我们的闲暇精神。他说只有中国人才真懂得爱护自然，他们在山水间的点缀是没有一点④辜负自然的；实际上他们处处想法子增添自然的美，他们不容许煞风景的事业。他们在山上造路是依着山势回环曲折，铺上本山的石子，就这山道就饶有趣味，他们宁可牺牲一点便利。不愿斫丧自然的和谐。所以他们造的是妩媚的石径；欧美人来时不开马路就来穿山的电梯。他们在原来的石块上刻上美秀的诗文，漆成古色的青绿，在苔藓间掩映生趣；反之在欧美的山石上只见雪茄烟与各种生意的广告。他们在山林丛密处透出一角寺院的红墙，西方人起的是几层楼⑤嘈杂的旅馆。听人说中国人得效法欧西，我不知道应得自觉虚心做学徒的究竟是谁？这是十五年前狄更生先生来中国时感想的一节。我不知道他现在要是回来看看西湖的成绩，他又有什么

名师案语

②闲情逸趣：指悠闲的心情和安逸的兴致。同“闲情逸致”。

③蓄意：存心，有意。做之前有一定时间准备，可以理解成蓄谋已久的意思。

④辜负：对不住(别人的好意期望或帮助)。

⑤嘈杂：声音杂乱扰人。

名师案语

妙文来颂扬我们的美德！

说来西湖真是个爱伦内。论山水的秀丽，西湖在世界上真有位置。那山光，那水色，别有一种醉人处，叫人不能不生爱。但不幸杭州的人种（我也算是杭州人），也不知怎的，特别的来得俗气来得陋相。不读书人无味，读书人更可厌，单听那一口杭白，甲隔甲隔的，就够人心烦！看来杭州人话会说(杭州人真会说话！)，事也会做，近年来就“事业”方面看，杭州的建设的确不少，例如西湖堤上的六条桥就全给拉平了替汽车公司帮忙；但不幸经营山水的风景是另一种事业，决不是开铺子、做官一类的事业。平常布置一个小小的园林，我们尚且说总得主人胸中有些丘壑，如今整个的西湖放在一班大佬的手里，他们的脑子里平常想些什么我不敢猜度，但就成绩看，他们的确是只图每年“我们杭州”商界收入的总数增加多少的一种头脑！开铺子的老班们也许沾了光，但是可怜的西湖呢？分明天生俊俏的一个少女，生生的叫一群粗汉去替她涂脂抹粉，就说没有别的难堪情形，也就够煞风景又煞风景！天啊，这苦恼的西子！

但是回过来说，这年头哪还顾得了美不美！江南总算是天堂，到今天为止。⑥别的地方人命只当得虫子，有路不敢走，有话不敢说，还来搭什么臭绅士的架子，挑什么够美不够美的鸟眼？

⑥“别的地方人命只当得虫子，有路不敢走，有话不敢说，还来搭什么臭绅士的架子，挑什么够美不够美的鸟眼？”此句含有强烈地讽刺意味。

名师点金

赏析·启示

本文描写的是徐志摩前后游西湖的不同感想，在《丑西湖》中作者表达了对西湖环境因社会发展而不断恶化的苦恼和不满。再次，泛游西湖已找不到西湖原有的美感，西湖失去了其本来的面貌，而被人为改造的“面目全非”。因此，徐志摩在文章最后写道：“西湖的俗化真是一日千里，我每回去总添一度伤心……”。

※学习·拓展

杭州西湖以其秀丽的湖光山色和众多的名胜古迹成为闻名中外的旅游胜地，并被赋予“人间天堂”的美誉。西湖凭借着千年来的历史积淀蕴育出了特有的江南风韵以及大量杰出的文化景观。西湖是《世界遗产名录》中唯数不多的湖泊类文化遗产。在第五套人民币一元纸币的背面就是西湖三潭印月的景观，这也能够体现西湖美景的独特地位。

落叶

名师导读

徐志摩在文中描写了落叶的景致，描写落叶是为了表达自己怎样的思想呢？徐志摩回答了青年学生的提问，希望青年学生们能够懂得如何排解生活的苦闷，传递出作者对青年学生寄予了怎样的希冀？

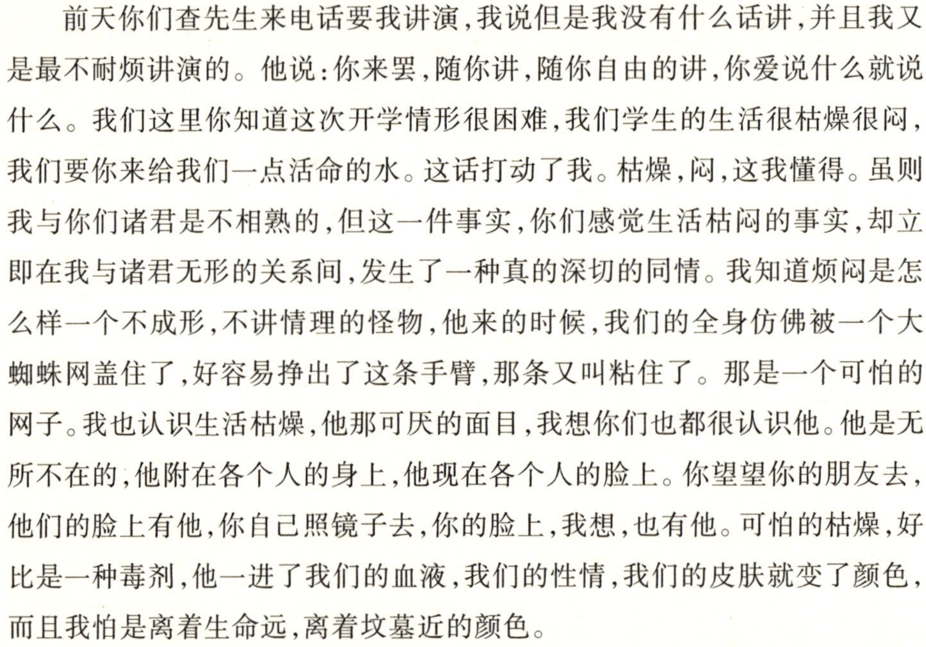

前天你们查先生来电话要我讲演，我说但是我没有什么话讲，并且我又是最不耐烦讲演的。他说：你来罢，随你讲，随你自由的讲，你爱说什么就说什么。我们这里你知道这次开学情形很困难，我们学生的生活很枯燥很闷，我们要你来给我们一点活命的水。这话打动了我。枯燥，闷，这我懂得。虽则我与你们诸君是不相熟的，但这一件事实，你们感觉生活枯闷的事实，却立即在我与诸君无形的关系间，发生了一种真的深切的同情。我知道烦闷是怎么样一个不成形，不讲情理的怪物，他来的时候，我们的全身仿佛被一个大蜘蛛网盖住了，好容易挣出了这条手臂，那条又叫粘住了。那是一个可怕的网子。我也认识生活枯燥，他那可厌的面目，我想你们也都很认识他。他是无所不在的，他附在各个人的身上，他现在各个人的脸上。你望望你的朋友去，他们的脸上有他，你自己照镜子去，你的脸上，我想，也有他。可怕的枯燥，好比是一种毒剂，他一进了我们的血液，我们的性情，我们的皮肤就变了颜色，而且我怕是离着生命远，离着坟墓近的颜色。

我是一个信仰感情的人，也许我自己天生就是一个感情性的人。比如前几天西风到了，那天早上我醒的时候是冻着才醒过来的，我看着纸窗上的颜色比往常的淡了，我被窝里的肢体像是浸在冷水里似的，我也听见窗外的风声，吹着一片枣树上的枯叶，一阵一阵的掉下来，在地上卷着，沙沙的发响，有的飞出了外院去，有的留在墙角边转着，那声响真像是叹气。我因此就想起这西风，冷醒了我的梦，吹散了树上的叶子，他那成绩在一般饥荒贫苦的社会里一定格外的可惨。那天我出门的时候，果然见街上的情景比往常不同了；穷苦的老头小孩全躲在街角上发抖；他们迟早免不了树上枯叶子的命运。那一天我就觉得特别的闷，差不多发愁了。

因此我听着查先生说你们生活怎样的烦闷，怎样的干枯，我就很懂得，我就愿意来对你们说一番话。我的思想——如其我有思想——永远不是成系统的。我没有那样的天才。我的心灵的活动是冲动性的，简直可以说痉挛性的。思想不来的时候，我不能要他来，他来的时候，就比如穿上一件湿衣，难受极了，只能想法子把他脱下。我有一个比喻，我方才说起秋风里的枯叶；我可以把我的思想比作树上的叶子，时期没有到，他们是不很会掉下来的；但是到时期了，再要有风的力量，他们就只能一片一片的往下落；大多数也许是已经没有生命了的，枯了的，焦了的，但其中也许有几张还留着一点秋天的颜色，比如枫叶就是红的，海棠叶就是五彩的。这叶子实用是绝对没有的；但有人，比如我自己，就有爱落叶的①癖好。他们初下来时颜色有很鲜艳的，但时候久了，颜色也变，除非你保存得好。所以我的话，那就是我的思想，也是与落叶一样的无用，至多有时有几痕生命的颜色就是了。你们不爱的尽可以随意的踩过，绝对不必理会；但也许有少数人有缘分的，不责备他们的无用，竟许会把他们捡起来揣在怀里，间在书里，想延留他们幽澹的颜色。感情，

名师案语

①癖好：对某种事物的特别爱好。。

名师案语

真的感情,是难得的,是名贵的,是应当共有的;我们不应得拒绝感情,或是压迫感情,那是犯罪的行为,与压住泉眼不让上冲,或是掐住小孩不让喘气一样的犯罪。人在社会里本来是不相连续的个体。感情,先天的与后天的,是一种线索,一种经纬,把原来分散的个体织成有文章的整体。但有时线索也有破烂与涣散的时候,所以一个社会里必须有新的线索继续的产出,有破烂的地方去补,有涣散的地方去拉紧,才可以维持这组织大体的匀整,有时生产力特别加增时,我们就有机会或是推广,或是加添我们现有的面积,或是加密,像网球板穿双线似的,我们现成的组织,因为我们知道创造的势力与破坏的势力,建设与②溃败的势力,上帝与撒旦的势力,是同时存在的。这两种势力是在一架天平上比着;他们很少平衡的时候,不是这头沉,就是那头沉。是的,人类的命运是在一架大天平上比着,一个巨大的黑影,那是我们集合的化身,在那里看着,他的手里满拿着分量的法码,一会往这头送,一会又往那头送,地球尽转着,太阳,月亮,星,轮流的照着,我们的运命永远是在天平上称着。

②溃败:失败,被打垮。

我方才说网球拍,不错,球拍是一个好比喻。你们打球的知道网拍上那里几根线是最吃重,最要紧,那几根线要是特别有劲的时候,不仅你对敌时拉球,抽球,拍球格外来的有力,出色,并且你的拍子也就格外的经用。少数特强的分子保持了全体的匀整。这一条原则应用到人道上,就是说,假如我们有力量加密,加强我们最普通的同情线,那线如其穿连得到所有跳动的人心时,那时我们的大网子就坚实耐用,天津人说的,就有根。不问天时怎样的坏,管他雨也罢,云也罢,霜也罢,风也罢，管他水流怎样的急，我们假如有这样一个强有力的大网子，那怕不能在时间无尽的洪流里——早晚网起无价的珍品，那怕不能在我们运命的天平上重重的加下创造的生命的分量？

所以我说真的感情，真的人情，是难能可贵的，那是社会组织的基本成分。初起也许只是一个人心灵里偶然的震动，但这震动，不论怎样的微弱，就产生了及远的波纹；这波纹要是唤得起同情的反应时，原来细的便并成了粗的，原来弱的便合成了强的，原来脆性的便结成了韧性的，像一缕缕的苎麻打成了粗绳似的；原来只是微波，现在掀成了大浪，原来只是山罅里的一股细水，现在流成了滚滚的大河，向着无边的海洋里流着。耶稣在山头上的训道（“Sermon on the Mount”）比如，还不是有限的几句话，但这一篇短短的演说，却制定了人类想望的止境，建设了绝对的价值的标准，创造了一个纯粹的完全的宗教。那是一件大事实，人类历史上一件最伟大的事实。再比如释迦牟尼感悟了生老病死的究竟，发大慈悲心，发大勇猛心，发大无畏心，抛弃了他人间的地位，富与贵，家庭与妻子，直到深山里去修道，结果他也替苦闷的人间打开了一条解放的大道，为东方民族的天才下一个最光华的定义。那又是人类历史上的一件奇迹。但这样大事的起源还不止是一个人的心灵里偶然的震动，可不仅仅是一滴最透明的③真挚的感情滴落在黑沉沉的宇宙间？

感情是力量，不是知识。人的心是力量的府库，不是他的逻辑。有真感情的表现，不论是诗是文是音乐是雕刻或是画，好比是一块石子掷在平面的湖心里，

名师案语

③真挚：真诚恳切（多指感情）。

名师案语

你站着就看得见他引起的变化。没有生命的理论，不论他论的是什么理，只是拿石块扔在沙漠里，无非在干枯的地面上添一颗干枯的分子，也许掷下去时便听得出一些干枯的声响，但此外只是一大片死一般的沉寂了。所以感情才是成江成河的水泉，感情才是织成大网的线索。

但是我们自己的网子又是怎么样呢？现在时候到了，我们应当张大了我们的眼睛，认明白我们周围事实的真相。我们已经含糊了好久，现在再不容含糊的了。让我们来大声的宣布我们的网子是坏了的，破了的，烂了的；让我们痛快的宣告我们民族的破产，道德，政治，社会，宗教，文艺，一切都是破产了的。我们的心窝变成了蠹虫的家，我们的灵魂里住着一个可怕的大谎！那天平上沉着的一头是破坏的重量，不是创造的重量；是溃败的势力，不是建设的势力；是撒旦的魔力，不是上帝的神灵。霎时间这边路上长满了④荆棘，那边道上涌起了洪水，我们头顶有骇人的声音，是雷霆还是炮火呢？我们周围有一哭声与笑声，哭是我们的灵魂受污辱的悲声，笑是活着的人们疯魔了的狞笑，那比鬼哭更听的可怕，更凄惨。我们张开眼来看时，差不多更没有一块干净的土地，那一处不是叫鲜血与眼泪冲毁了的；更没有平安的所在，因为你即使忘得了外面的世界，你还是躲不了你自身的烦闷与苦痛。不要以为这样混沌的现象是原因于经济的不平等，或是政治的不安定，或是少数人的放肆的野心。这种种都是空虚的，欺人自欺的理论，说着容易，听着中听，因为我们只盼望脱卸我们自身的责任，只要不是我的分，我就有权利骂人。但这是，我着重的说，懦怯的行为；这正是我说的我们各个人灵

④荆棘：荆，灌木或小乔木；棘，泛指有刺的草木。泛指丛生于山野间的带棘小灌木。

ECCO

名师案语

⑤卑鄙：身份低微，见识短浅。

⑥猖狂：狂妄而放肆。

魂里躲着的大谎！你说少数的政客，少数的军人，或是少数的富翁，是现在变乱的原因吗？我现在对你说：先生，你错了，你很大的错了，你太恭维了那少数人，你太瞧不起你自己。让我们一致的来承认，在太阳普遍的光亮底下承认，我们各个人的罪恶，各个人的不洁净，各个人的苟且与懦怯与⑤卑鄙！我们是与最肮脏的一样的肮脏，与最丑陋的一般的丑陋，我们自身就是我们运命的原因。除非我们能起拔了我们灵魂里的大谎，我们就没有救度；我们要把祈祷的火焰把那鬼烧净了去，我们要把忏悔的眼泪把那鬼冲洗了去，我们要有勇敢来承当罪恶；有了勇敢来承当罪恶，方有胆量来决斗罪恶。再没有第二条路走。如其你们可以容恕我的厚颜，我想念我自己近作的一首诗给你们听，因为那首诗，正是我今天讲的话的更集中的表现：——

一　毒药

今天不是我唱歌的日子，我口边涎著狞恶的微笑，不是我说笑的日子，我胸怀间插著发冷光的利刃；相信我，我的思想是恶毒的，因为这世界是恶毒的，我的灵魂是黑暗的，因为太阳已经灭绝了光彩，我的声调是像坟堆里的夜鸮，因为人间已经杀尽了一切的和谐，我的口音像是冤鬼责问他的仇人因为一切的恩已经让路给一切的怨；

但是相信我，真理是在我的话里，虽则我的话像是毒药，真理是永远不含糊的，虽则我的话里仿佛有两头蛇的舌，蝎子的尾尖，蜈蚣的触须；只因为我的心里充满着比毒药更强烈，比咒诅更狠毒，比火焰更⑥猖狂，比死更深奥的不忍心与⑦怜悯心与爱心，所以我说的话是毒性的，咒诅的，燎灼的，虚无的；

相信我，我们一切的准绳已经埋没在珊瑚土打紧的墓宫里，你们最劲冽的祭肴的香味也穿不透这严封的地层：一切的准则是死了的；

我们一切的信心像是顶烂在树枝上的风筝，我们手里擎着这迸断了的鹞线：一切的信心是烂了的；

相信我，猜疑的巨大的黑影，像一块乌云似的，已经笼盖着人间一切的关系：人子不再悲哭他新死的亲娘，兄弟不再来携着他姊妹的手，朋友变成了寇仇，看家的狗回头来咬他主人的腿：是的，猜疑淹没了一切；在路旁坐着啼哭的，在街心里站着的，在你窗前探望的，都是被奸污的处女：池潭里只见些烂破的鲜艳的荷花；

在人道恶浊的涧水里流着，浮荇似的，五具残缺的尸体，他们是仁义礼智信，向着时间无尽的海澜里流去；

这海是一个不安靖的海，波涛猖獗的翻着，在每个浪头的小白帽上分明的写着人欲与兽性；

到处是奸淫的现象：贪心搂抱着正义，猜忌逼迫着同情，懦怯狎亵着勇敢，肉欲侮弄着恋爱，暴力侵凌着人道，黑暗践踏着光明；

听呀，这一片淫猥的声响，听呀，这一片残暴的声响；

虎狼在热闹的市街里，强盗在你们妻子的床上，罪恶在你们深奥的灵魂里……

名师案语

⑦怜悯：对弱者的同情、关怀。

名师案语

二 白旗

来，跟着我来，拿一面白旗在你们的手里——不是上面写着激动怨毒，鼓励残杀字样的白旗，也不是涂着不洁净血液的标记的白旗，也不是画着忏悔与咒语的白旗(把忏悔画在你们的心里)；

你们排列着，噤声的，严肃的，像送丧的行列，不容许脸上留存一丝的颜色，一毫的笑容，严肃的，噤声的，像一队决死的兵士；

现在时辰到了，一齐举起你们手里的白旗，像举起你们的心一样，仰看着你们头顶的青天，不转瞬的，惶恐的，像看着你们自己的灵魂一样；

现在时辰到了，你们让你们熬着，壅着，迸裂着，滚沸着的眼泪流，直流，狂流，自由的流，痛快的流，尽性的流，像山水出峡似的流，像暴雨倾盆似的流……

现在时辰到了，你们让你们咽着，压迫着，挣扎着，汹涌着的声音嚎，直嚎，狂嚎，放肆的嚎，凶狠的嚎，像飓风在大海波涛间的嚎，像你们丧失了最亲爱的骨肉时的嚎……

现在时辰到了，你们让你们回复了的天性忏悔，让眼泪的滚油煎净了的，让⑧悲恸的雷霆震醒了的天性忏悔，默默的忏悔，悠久的忏悔，沉彻的忏悔，像冷峭的星光照落在一个寂寞的山谷，像一个黑衣的尼僧匐伏在一座金漆的神龛前；

⑧悲恸：非常悲哀。

……

在眼泪的沸腾里，在嚎恸的酣彻里，在忏悔的沉寂里，你们望见了上帝永久的威严。

三　婴儿

我们要盼望一个伟大的事实出现，我们要守候一个馨香的婴儿出世：——

你看他那母亲在她生产的床上受罪！

她那少妇的安详，柔和，端丽，现在在剧烈的阵痛里变形成不可信的丑恶：你看她那遍体的筋络都在她薄嫩的皮肤底里暴涨着，可怕的青色与紫色，像受惊的水青蛇在田沟里急泅似的，汗珠站在她的前额上像一颗颗的黄豆，她的四肢与身体猛烈的⑨抽搐着，畸屈着，奋挺着，纠旋着，仿佛她垫着的席子是用针尖编成的，仿佛她的帐围是用火焰织成的；

一个安详的，镇定的，端庄的，美丽的少妇，现在在阵痛的惨酷里变形成魔鬼似的可怖；她的眼，一时紧紧的阖着，一时巨大的睁着，她那眼，原来像冬夜池潭里反映着的明星，现在吐露着青黄色的凶焰，眼珠像是烧红的炭火，映射出她灵魂最后的奋斗，她的唇，原一烛朱红色的，现在像是炉底的冷灰，她的口颤着，撅着，扭着，死神的热烈的亲吻不容许她一息的平安，她的发是散披着，横在口边，漫在胸前，像揪乱的麻丝，她的手指间，还紧抓着几穗拧下来的乱发；

这母亲在她生产的床上受罪：——

但是她还不曾绝望，她的生命挣扎着血与肉与骨与肢体的纤微，在危崖的边沿上，抵抗着，搏斗着，死神的逼迫；

她还不曾放手，因为她知道(她的灵魂知道！)这苦痛不是无因的，因为她知道她的胎宫里孕育着一点比

名师案语

⑨抽搐：肌肉不随意地收缩和症状，多见于四肢和颜面。

她自己更伟大的生命的种子,包涵着一个比一切更永久的婴儿;

因为她知道这苦痛是婴儿要求出世的征候,是种子在泥土里爆裂成美丽的生命的消息,是她完成她自己生命的使命的机会;

因为她知道这忍耐是有结果的,在她剧痛的昏瞀中,她仿佛听着上帝准许人间祈祷的声音,她仿佛听着天使们赞美未来的光明的声音;

因此她忍耐着,抵抗着,奋斗着……她抵拚绷断她遍体的纤微,她要赎出在她胎宫里动荡着的生命,在她一个完全,美丽的婴儿出世的盼望中,最锐利,最沉酣的痛感逼成了最锐利最沉酣的快感……

这也许是无聊的希冀,但是谁不愿意活命,就使到了绝望最后的边沿,我们也还要妄想希望的手臂从黑暗里伸出来挽着我们。我们不能不想望这苦痛的现在只是准备着一个更光荣的将来,我们要盼望一个洁白的肥胖的活泼的婴儿出世!

新近有两件事实,使我得到很深的感触。让我来说给你们听听。

前几时有一天俄国公使馆挂旗,我也去看了。加拉罕站在台上,微微的笑着,他的脸上发出一种严肃的青光,他侧仰着他的头看旗上升时,我觉着了他的人格的尊严,他至少是一个有胆有略的男子,他有为主义牺牲的决心,他的脸上至少没有苟且的痕迹,同时屋顶那根旗杆上,冉冉的升上了一片的红光,背着遥远没有一斑云彩的青天。那面簇新的红旗在风前斗峭的袅荡个不定。这异样的彩色与声响引起了我异样的感想。是腼腆,是骄傲,还是鄙夷,如今这红旗初次面对着我们偌大的民族?在场人也有拍掌的,但只是断续的拍掌,这就算是我想我们初次见红旗的敬意;但这又是鄙夷,骄傲,还是惭愧呢?那红色是一个伟大的象征,代表人类史里最伟大的一个时期;不仅标示俄国民族流血的成绩,却也为人类立下了一个勇敢尝试的榜样。在那旗子抖动的声响里我不仅仿佛听出了这近十年来那斯拉夫民族失败与胜利的呼声,我也想象到百数十年前法国革命时的狂热,一七八九年七月四日那天巴黎市民攻破巴士梯亚牢狱[⑤]时的疯癫。自由,平等,友爱!友爱,平等,自由!你们听呀,在这呼声里人类理想的火焰一直从地面上直冲破天顶,历史上再没有更重要更强烈的转变的时期。卡莱尔[⑥](Carlyle)在他的法国革史里形容这件大事有三句名句，他说，“To describle this scene transcends the talent of mortals. After four hours of worldbedlam it surrenders. The Bastille is down!”他说：“要形容这一景超过了凡人的力量。过了四小时的疯狂他(那大牢)投降了。巴士梯亚是下了！”打破一个政治犯的牢狱不算是了不得的大事，但这事实里有一个象征。巴士梯亚是代表阻碍自由的势力，巴黎士民的攻击是代表全人类争自由的势力，巴士梯亚的“下”是人类理想胜利的凭证。自由，平等，友爱！友爱，平等，自由！法国人在百几十年前猖狂的叫著。这叫声还在人类的性灵里荡着。我们不好像听见吗，虽则隔着百几十年光阴的旷野。如今凶恶的巴士梯亚又在我们的面前堵著；我们如其再不发疯，他那牢门上的铁钉，一个个都快刺透我们的心胸了！

⑩这是一件事。还有一件是我六月间伴着泰戈尔到日本时的感想。早七年我过太平洋时曾经到东京去玩过几个钟头，我记得到上野公园去，上一座小山去下望东京的市场，只见连绵的高楼大厦，一派富盛繁华的景象。这回我又到上野去了，我又登山去望东京城了，那分别可太大了！房子，不错，原是有的；但从前是几层楼的高房，还有不少有名的建筑，比如帝国剧场帝国大学等等，这次看见的，说也可怜，只是薄皮松板暂时支著应用的鱼鳞似的屋子，白松松的像一个烂发的花头，再没有从前那样富盛与繁华的气象。十九的城子都是叫那大地震吞了去烧了去的。我们站着的地面平常看是再坚实不过的，但是等到他起兴时小小的翻一个身，或是微微的张一张口，我们脆弱的文明与脆弱的生命就够受。我们在中国的差不多是不能想

名师案语

⑩“这是一件事，还有一件是我六月间伴着泰戈尔到日本时的感想。”此句在文中起着承上启下的作用。

着世界上，在醒着的不是梦里的世界上，竟可以有那样的大灾难。我们中国人是在灾难里讨生活的，水，旱，刀兵，盗劫，那一样没有，但是我敢说我们所有的灾难合起来也抵不上我们邻居一年前遭受的大难。那事情的可怕，我敢说是超过了人类忍受力的止境。我们国内居然有人以日本人这次大灾为可喜的，说他们活该，我真要请协和医院大夫用X光检查一下他们那几位，究竟心肝的。因为在可怕的运命的面前，我们人类的全体只是一群在山里逢着雷霆风雨时的绵羊，哪里还能容什么种族政治等等的偏见与意气？我来说一点情形给你们听听，因为虽则你们在报上看过极详细的记载，不曾亲自察看过的总不免有多少距离的隔膜。我自己未到日本前与看过日本后，见解就完全的不同。你们试想假定我们今天在这里集会，我讲的，你们听的，假如日本那把戏轮着我们头上来时，要不了的搭的搭的搭的三秒钟我与你们与讲台与屋子就永远诀别了地面，像变戏法似的，影踪都没了。那是事实，横滨有好几所五六层高的大楼，全是在三四秒时间内整个儿与地面拉一个平，全没了。你们知道圣书里面形容天降大难的时候，不要说本来脆弱的人类完全放弃了一切的虚荣，就是最凶猛的野兽与飞禽也会在霎时间变化了性质，老虎会来小猫似的挨着你躲着，利喙的鹰鹞会得躲入鸡棚里去窝着，比鸡还要驯服。在那样非常的变动时，他们也好似觉悟了这彼此同是生物的亲属关系，在天怒的跟着同是剥夺了抵抗力的小虫子，这里面就发生了同命运的同情。你们试想就东京一地说，二三百万的人口，几十百年辛勤的成绩，突然的面对着最后审判的实在，就在今天我们回想起当时他们全城子像一个滚沸的油锅时的情景，原来热闹的市场变成了光焰万丈的火盆，在这里面人类最集中的心力与体力的成绩全变了燃料，在这里面艺术教育政治社会人的骨与肉与血都化成了灰烬，还有百十万男女老小的哭嚷声，这哭声本体就可以摇动天地，——我们不要说亲身经历，就是坐在椅子上想象这样不可信的情景时，也不免觉得害怕不是？那可不是顽儿的事情。单只描写那样的大变，恐怕至少就须要荷马或是莎士比亚的天才。你们试想在那时候，假如你们亲身经历时，你的心理该是怎么样？你还恨你的仇人吗？你还不饶恕你的朋友吗？你还沾恋你个人的私利吗？你还有欺哄人的机会吗？你还有什么希望吗？你还

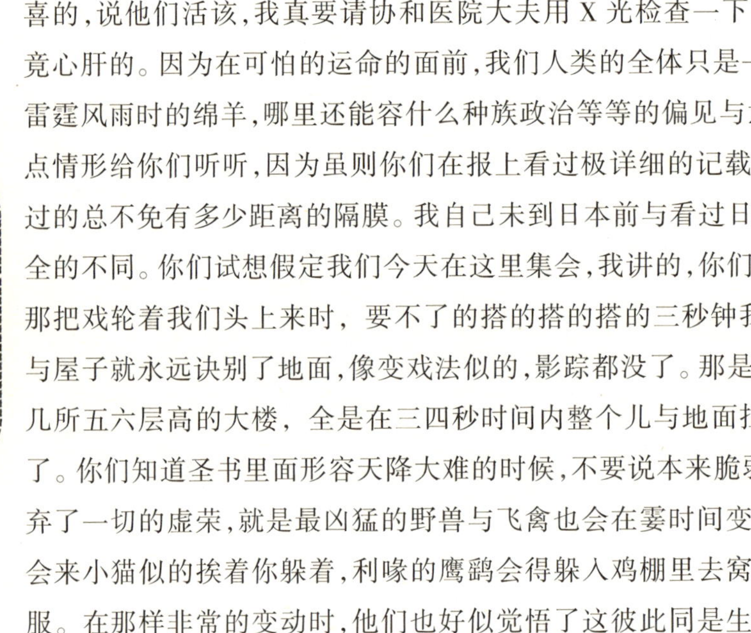

不搂住你身旁的生物，管他是你的妻子，你的老子，你的听差，你的妈，你的冤家，你的老妈子，你的猫，你的狗，把你灵魂里还剩下的光明一齐放射出来，和着你同难的同胞在这普遍的黑暗里来一个最后的结合吗？

但运命的手段还不是那样的简单。他要是把你的一切都扫灭了，那倒也是一个痛快的结束；他可不然。他还让你活着，他还有更苛刻的试验给你。大难过了，你还喘着气；你的家，你的财产，都变了你脚下的灰，你的爱亲与妻与儿女的骨肉还有烧不烂的在火堆里燃着，你没有了一切；但是太阳又在你的头上光亮的照着，你还是好好的在平定的地面上站着，你疑心这一定是梦，可又不是梦，因为不久你就发现与你同难的人们，他们也一样的疑心他们身受的是梦。可真不是梦；是真的。你还活着，你还喘着气，你得重新来过，根本的完全的重新来过。除非是你自愿放手，你的灵魂里再没有勇敢的分子。那才是你的真试验的时候。这考卷可不容易交了，要到那时候你才知道你自己究竟有多大能耐，值多少，有多少价值。

我们邻居日本人在灾后的实际就是这样。全完了，要来就得完全来过，尽你己身的力量不够，加上你儿子的，你孙子的，你孙子的儿子的儿子的孙子的努力也许可以重新撑起这份家私，但在这努力的经程中，谁也保不定天与地不再捣乱；你的几十年只要他的几秒钟。问题所以是你干不干？就只干脆的一句话，你干不干，是或否？同时也许无情的运命，扭著他那丑陋可怕的脸子在你的身旁冷笑，等着你最后的回话。你干不干，他仿佛也涎著他的怪脸问着你！

我们勇敢的邻居们已经交了他们的考卷；他们回答了一个干脆的干字，我们不能不佩服。我们不能不尊敬他们精神的人格。不等那大震灾的火焰缓和下去，我们邻居们第二次的奋斗已经庄严的开始了。不等运命的残酷的手臂松放，他们已经宣言他们积极的态度对运命宣战。这是精神的胜利，这是伟大，这是证明他们有不可摇的信心，不可动的自信力；证明他们是有道德的与精神的准备的，有最坚强的毅力与忍耐力的，有内心潜在著的精力的，有充分的后备军的，好比说，虽则前敌一起在炮火里毁了，这只是给他们一个出马的机会。他们不但不悲观，不但不消极，不但不绝望，不但不矮着嗓子

名师案语

⑪“我个人从这两件事情--俄国革命与日本地震--感到极深刻的感想”。此句在文中起着引领下文的作用，作者要通过这两件事来表达自己的见解和感受。

乞怜，不但不倒在地下等救，在他们看来这大灾难，只是一个伟大的戟刺，伟大的鼓励，伟大的灵感，一个应有的试验，因此他们新来的态度只是双倍的积极，双倍的勇猛，双倍的兴奋，双倍的有希望；他们仿佛是经过大战的大将，战阵愈急迫愈危险，战鼓愈打得响亮，他的胆量愈大，往前冲的步子愈紧，必胜的决心愈强。这，我说，真是精神的胜利，一种道德的强制力，伟大的，难能的，可尊敬的，可佩服的。泰戈尔说的，国家的灾难，个人的灾难，都是一种试验：除是灾难的结果压倒了你的意志与勇敢，那才是真的灾难，因为你更没有翻身的希望。

这也并不是说他们不感觉灾难的实际的难受，他们也是人，他们虽勇，心究竟不是铁打的。但他们表现他们痛苦的状态是可注意的；他们不来零碎的呼叫，他们采用一种雄伟的庄严的仪式。此次震灾的周年纪念时，他们选定一个时间，举行他们全国的悲哀；在不知是几秒或几分钟的期间内，他们全国的国民一致的静默了，全国民的心灵在那短时间内融合在一阵忏悔的，祈祷的，普遍的肃静里(那是何等的凄伟！)；然后，一个信号打破了全国的静默，那千百万人民又一致的高声悲号，悲悼他们曾经遭受的惨运；在这一声弥漫的哀号里，他们国民，不仅发泄了蓄积着的悲哀，这一声长号，也表明他们一致重新来过的伟大的决心（这又是何等的凄伟！）。

这是教训，我们最切题的教训。⑪我个人从这两件事情——俄国革命与日本地震——感到极深刻的感想；一件是告诉我们什么是有意义有价值的牺牲，那表面紊乱的背后坚定的站着某种主义或是某种理想，激

动人类潜伏着一种普遍的想望，为要达到那想望的境界，他们就不顾冒怎样剧烈的险与难，拉倒已成的建设踏平现有的基础，抛却生活的习惯，尝试最不可测量的路子。这是一种疯癫，但是有目的的疯癫；单独的看，局部的看，我们尽可以下种种非难与责备的批评，但全部的看，历史的看时，那原来纷乱的就有了条理，原来散漫的就成了片段，甚至于在经程中一切反理性的分明残暴的事实都有了他们相当的应有的位置，在这部大悲剧完成时，在这无形的理想“物化”成事实时，在人类历史清理结帐时，所得便超过所出，赢余至少是盖得过损失的。我们现在自己的悲惨就在问题不集中，不清楚，不一贯；我们缺少——用一个现成的比喻——那一面半空里升起来的彩色旗(我不是主张红旗我不过比喻罢了！)使我们有眼睛能看的人都不由的不仰着头望；缺少那青天里的一个霹雳，使我们有耳朵能听的不由的惊心。正因为缺乏这样一个一贯的理想与标准(能够表现我们潜在意识所想望的)，我们有的那一部疯癫性——历史上所有的大运动都脱不了疯癫性的成分——就没有机会充分的外现，我们物质生活的累赘与沾恋，便有力量压迫住我们精神性的奋斗；不是我们天生不肯牺牲，也不是天生懦怯，我们在这时期内的确不曾寻着值得或是强迫我们牺牲的那件理想的大事，结果是精力的散漫，志气的怠惰，苟且心理的普遍，悲观主义的盛行，一切道德标准与一切价值的毁灭与埋葬。

人原来是行为的动物，尤其是富有集合行为力的，他有向上的能力，但他也是最容易堕落的，在他眼前没有正当的方向时，比如猛兽监禁在铁笼子里。在他的行为力没有发展的机会时，他就会随地躺了下来，管他是水潭是泥潭，过他不黑不白的猪奴的生活。这是最可惨的现象，最可悲的趋向。如其我们容忍这种状态继续存在时，那时每一对父母每次生下一个洁净的小孩，只是为这卑劣的社会多添一个堕落的分子，那是莫大的亵渎的罪业；所有的教育与训练也就根本的失去了意义，我们还不如盼望一个大雷霆下来毁尽了这三江或四江流域的人类的痕迹！

再看日本人天灾后的勇猛与毅力，我们就不由的不惭愧我们的穷，我们的乏，我们的寒伧。这精神的穷乏才是真可耻的，不是物质的穷乏。我们所受

的苦难都还不是我们应有的试验的本身，那还差得远着哪；但是我们的丑态已经恰好与人家的从容成一个对照。我们的精神生活没有充分的涵养，所以临着稀小的纷扰便没有了主意，像一个耗子似的，他的天才只是害怕，他的伎俩只是小偷；又因为我们的生活没有深刻的精神的要求，所以我们合群生活的大网子就缺少最吃分量最经用的那几条普遍的同情线，再加之原来的经纬已经到了完全破烂的状态，这网子根本就没有了联结，不受外物侵损时已有溃散的可能，那里还能在时代的急流里，捞起什么有价值的东西？说也奇怪，这几千年历史的传统精神非但不曾供给我们社会一个巩固的基础，我们现在到了再不容隐讳的时候，谁知道发现我们的桩子，只是在黄河里造桥，打在流沙里的！

名师案语

难怪悲观主义变成了流行的⑫时髦！但我们年轻人，我们的身体里还有生命跳动，脉管里多少还有鲜血的年轻人，却不应当沾染这最致命的时髦，不应当学那随地躺得下去的猪，不应当学那苟且专家的耗子，现在时候逼迫了，再不容我们刹那的含糊。我们要负我们应负的责任，我们要来补织我们已经破烂的大网子，我们要在我们各个人的生活里抽出人道的同情的纤维来合成强有力的绳索，我们应当发现那适当的象征，像半空里那面大旗似的，引起普遍的注意；我们要修养我们精神的与道德的人格，预备忍受将来最难堪的试验。简单的一句话，我们应当在今天——过了今天就再没有那一天了——宣传我们对于生活基本的态度。是是还是否；是积极还是消极；是生道还是死道；是向上还是堕落？在我们年轻人一个字的答案上

⑫时髦：一般指新颖的，时尚的，流行的，符合时势潮流的。

就挂着我们全社会的运命的决定。我盼望我至少可以代表大多数青年，在这篇讲演的末尾，高叫一声——用两个有力量的外国字——

"Everlasting yea！"

名师点金

赏析·启示

《落叶》是在1924年秋天，徐志摩在北京大学任教授期间，应北京师范大学的邀请，所作的讲演稿。他企图回答青年学生提出的如何解决生活的枯燥和苦闷的问题。《落叶》全篇贯穿着"感情"二字，宣扬人的感情、"真的人情"的重要和作用。要使生活不痛苦，只有"抽出人道的同情的纤微"来补缀这个破烂社会的大网。

※学习·拓展

贾平凹有同名散文《落叶》，《落叶》让人有亲切之感，有警醒之感，教人乐观豁达。文中有"是它们给法桐带来了绿的欢乐呢，还是绿的欢乐使它们产生了歌声的清妙？""多美的默契啊！正如落叶的凋落与欢乐的默契，也该如你我的默契。"

海滩上种花

秋

名师导读

徐志摩在《秋》中采用了借景抒情的修辞手法，借秋天的凋零写现实人们的病症。文中写出现实中人们有哪些病症呢？形成这些病症的原因是什么呢？

两年前，在北京，有一次，也是这么一个秋风生动的日子，我把一个人的感想比作落叶，从生命那树上掉下来的叶子。落叶，不错，是衰败和①凋零的象征，它的情调几乎是悲哀的。但是那些在半空里飘摇，在街道上颠倒的小树叶儿，也未尝没有它们的②妩媚，它们的颜色，它们的意味，在少数有心人看来，它们在这宇宙间并不是完全没有地位的。“多谢你们的摧残，使我们得到解放，得到自由。”它们仿佛对无情的秋风说。“劳驾你们了，把我们踹成粉，蹂成泥，使我们得到解脱，实现消灭，”它们又仿佛对不经心的人们这么说。因为看着，在春风回来的那一天，这叫卑微的生命的种子又会从冰封的泥土里翻成一个新鲜的世界。它们的力量，虽则是看不见，可是不容疑惑的。

我那时感着的沉闷，真是一种不可形容的沉闷。它仿佛是一座大山，我整个的生命叫它压在底下。我那时的思想简直是毒的，我有一首诗，题目就叫《毒药》，开头的两行是——

名师案语

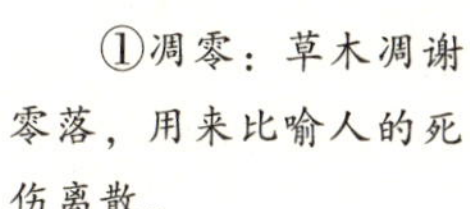

①凋零：草木凋谢零落，用来比喻人的死伤离散。

②妩媚：姿态美好可爱。

名师案语

“今天不是,我唱歌的日子,我口边涎着狞恶的冷笑,不是我说笑的日子,我胸怀间插着发冷光的刀剑;

“相信我,我的思想是恶毒的,因为这世界是恶毒的,我的灵魂是黑暗的,因为太阳已经灭绝了光彩,我的声调,像是坟堆里的夜枭,因为人间已经杀尽了一切的和谐,我的口音,像是冤鬼责问他的仇人,因为一切的恩已经让路给一切的怨。”

我借这一首不成形的③咒诅的诗,发泄了我一腔的闷气,但我却并不绝望,并不悲观,在极深刻的沉闷的底里,我那时还摸着了希望。所以我在《婴儿》——那首不成形诗的最后一节——那诗的后段,在描写一个产妇在她生产的受罪中,还能含有希望的句子。

③诅咒:原祈祷鬼神嫁祸于所恨之人,今指咒骂。

在我那时带有预言性的想象中,我想望着一个伟大的革命。因此我在那篇《落叶》的末尾,我还有勇气来对付人生的挑战,郑重的宣告一个态度,高声的喊一声“Everlasting Yea”,借用两个有力量的外国字——“Everlasting Yea.”

“Everlasting Yea”,“Everlasting Yea”,一年,一年,又过去了两年。这两年间我那时的想望实现了没有?那伟大的“婴儿”有出世了没有?我们的受罪取得了认识与价值没有?

我不知道,我不知道。我知道的还只是那一大堆丑陋的蛮肿的沉闷,厌得瘪人的沉闷,笼盖着我的思想,我的生命。它在我的经络里,在我的血液里。我不能抵抗,我再没有力量。

我们靠着维持我们生命的不仅是面包,不仅是饭,我们靠着活命的,用一个诗人的话,是情爱,敬仰心,希望。“We love by love,admiration and hope”②这话又包涵一个

条件,就是说这世界这人类是能承受我们的爱,值得我们的敬仰,容许我们的希望的。但现代是什么光景?人性的表现,我们看得见听得到的,到底是怎么回事?我想我们都不是外人,用不着掩饰,实在也无从掩饰,这里没有什么人性的表现,除了丑恶,下流,黑暗。太丑恶了,我们火热的胸膛里有爱不能爱,大下流了,我们有敬仰心不能敬仰,太黑暗了,我们要希望也无从希望。太阳给天狗吃了去,我们只能在无边的黑暗中沉默着,永远的沉默着!这仿佛是经过一次强烈的地震的悲惨,思想,感情,人格,全给震成了无可收拾的断片,也不成系统,再也不得连贯,再也没有表现。但你们在这个时候要我来讲话,这使我感到一种异样的难受。难受,因为我自身的悲惨。难受,尤其因为我感到你们的邀请不止是一个寻常讲演的邀请,你们来邀我,当然不是要什么现成的主义,那我是外行,也不为什么专门的学识,那我是草包,你们明知我是一个诗人,他的家当,除了几座空中的楼阁,至多只是一颗热烈的心。你们邀我来也许在你们中间也有同我一样感到这时代的悲哀,一种不可解脱不能摆脱的况味,所以邀我这同是这悲哀沉闷中的同志来,希冀万一,可以给你们打几个幽默的比喻,说一点笑话,给一点子安慰,有这么小小的一半个时辰,彼此可以在同情的温暖中忘却了时间的冷酷。因此我踌躇,我来怕没有什么交代,不来又于心不安。我也曾想选几个离着实际的人生较远些的事儿来和你们谈谈,但是相信我,朋友们,这念头是枉然的,因为不论你思想的起点是星光是月是蝴蝶,只一转身,又逢着了人生的基本问题,冷森森的竖着像是几座拦路的墓碑。

不,我们躲不了它们:关于这时代人生的问号,小的,大的,歪的,正的,像蝴蝶的绕满了我们的周遭。正如在两年前它们逼迫我宣告一个坚决的态度,今天它们还是逼迫着要我来表示一个坚决的态度。也好,我想,这是我再来清理一次我的思想的机会,在我们完全没有能力解决人生问题时,我们只能承认失败。但我们当前的问题究竟是些什么?如其它们有力量压倒我们,我们至少也得抬起头来认一认我们敌人的面目。再说譬如医病,我们先得看清是什么病而后用药,才可以有希望治病。说我们是有病,那是无可置疑的。但病在那一部,最重要的征候是什么,我们却不一定答得上。至少,各人有各

名师案语

人的答案，决不会一致的。就说这时代的烦闷：烦闷也不能凭空来的不是？它也得有种种造成它的原因，它到底是怎么回事，我们也得查个明白。换句话说，我们先得确定我们的问题，然后再试第二步的解决。也许在分析我们病症的研究中，某种对症的医法，就会不期然的显现。我们来试试看。

说到这里，我们可以想象一班乐观派的先生们冷眼的看着我们好笑。他们笑我们无事忙，谈什么人生，谈什么根本问题，人生根本就没有问题，这都是那玄学鬼钻进了懒惰人的脑筋里在那里不相干的捣玄虚来了！做人就是做人，重在这做字上。你天性喜欢工业，你去找工程事情做去就得。你爱谈整理国故，你寻你的国故整理去就得。工作，更多的工作，是惟一的福音。把你的脑力精神一齐放在你愿意做的工作上，你就不会轻易发挥感伤主义，你就不会无病④呻吟，你只要尽力去工作，什么问题都没有了。

④呻吟：指人因痛苦而发出声音，也可能是在一些刺激或者激动的情况下的声音。

这话初听到是又生辣又干脆的，本来末，有什么问题，做你的工好了，何必自寻烦恼！但是你仔细一想的时候，这明白晓畅的福音还是有漏洞的。固然这时代很多的呻吟只是懒鬼的装病，或是虚幻的想象，但我们因此就能说这时代本来是健全的，所谓病痛所谓烦恼无非是心理作用了吗？固然当初德国有一个大诗人，他的伟大的天才使他在什么心智的活动中都找到趣味，他在科学实验室里工作得厌倦了，他就跑出来带住一个女性就发迷，西洋人说的“跌进了恋爱”；回头他又厌倦了或是失恋了，只一感到烦恼，或悲哀的压迫，他又赶快飞进了他的实验室，关上了门，也关上了他自己的感情的门，又潜心他的科学研究去了。在他，所谓工作确

是一种救济，一种关栏，一种调剂，但我们怎能比得？我们一班青年感情和理智还不能分清的时候，如何能有这样伟大的克制的工夫？所以我们还得来研究我们自身的病痛，想法可能的补救。

并且这工作论是实际上不可能的。因为假如社会的组织，果然能容得我们各人从各人的心愿选定各人的工作并且有机会继续从事这部分的工作，那还不是一个黄金时代？"民各乐其业，安其生。"还有什么问题可谈的？现代是这样一个时候吗？商人能安心做他的生意，学生能安心读他的书，文学家能安心做他的文章吗？正因为这时代从思想起，什么事情都颠倒了，混乱了，所以才会发生这普通的烦闷病，所以才有问题，否则认真吃饱了饭没有事做，大家甘心自寻烦恼不成？

⑤我们来看看我们的病症。

第一个显明的征候是混乱。一个人群社会的存在与进行是有条件的。这条件是种种体力与智力的活动的和谐的合作，在这诸种活动中的总线索，总指挥，是无形迹可寻的思想，我们简直可以说哲理的思想，它顺着时代或领着时代规定人类努力的方面，并且在可能时给它一种解释，一种价值的估定与意义的发见。思想的一个使命，是引导人类从非意识的以至无意识的活动进化到有意识的活动，这点子意识性的认识与觉悟，是人类文化史上最光荣的一种胜利，也是最透彻的一种快乐。果然是这部分哲理的思想，统辖得住这人群社会全体的活动，这社会就上了正轨：反面说，这部分思想要是失去了它那总指挥的地位，那就坏了，种种体力和智力的活动，就随时随地有发生冲突的可能，这重心的抽去是种种不平衡现象主要的原

名师案语

⑤“我们来看看我们的病症。”此句在文中起承上启下的作用。

名师案语

因。现在的中国就吃亏在没有了这个重心，结果什么都豁了边，都不合适了。我们这老大国家，说也可惨，在这百年来，根本就没有思想可说。从安逸到宽松，从宽松到怠惰，从怠惰到着忙，从着忙到瞎闯，从瞎闯到混乱，这几个形容词我想可以概括近百年来中国的思想史，——简单说，它完全放弃了总指挥的地位。没有了系统，没有了目标，没有了和谐，结果是现代的中国：一团混乱。

混乱，混乱，那儿都是的。因为思想的无能，所以引起种种混乱的现象，这是一步。再从这种种的混乱，更影响到思想本体，使它也传染了这混乱。好比一个人因为身体软弱才受外感，得了种种的病，这病的蔓延又回过来销蚀病人有限的精力，使他变成更软弱了，这是第二步。经济，政治，社会，那儿不是⑥蹊跷，那儿不是混乱？这影响到个人方面是理智与感情的不平衡，感情不受理智的节制就是意气，意气永远是浮的，浅的，无结果的；因为意气占了上风，结果是错误的活动。为了不曾辨认清楚的目标，我们的文人变成了政客，研究科学的，做了非科学的官，学生抛弃了学问的寻求，工人做了野心家的牺牲。这种种混乱现象影响到我们青年是造成烦闷心理的原因的一个。

⑥蹊跷：奇怪，可疑。

这一个征候——混乱——又过渡到第二个征候——变态。什么是人群社会的常态？人群是感情的结合。虽则尽有好奇的思想家告诉我们人是互杀互害的，或是人的团结是基本于怕惧的本能，虽则就在有秩序上轨道的社会里，我们也看得见恶性的表现，我们还是相信社会的纪纲是靠着积极的情感来维系的。这是说在一常态社会的天平上，情爱的分量一定超过仇恨的分量，互助的精神一定超过互害互杀的现象。但在一个社会没有了负有指导使命的思想的中心的情形之下，种种离奇的变态的现象，都是可能的产生了。

一个社会不能供给正当的职业时，它即使有严厉的法令，也不能禁止盗匪的横行。一个社会不能保障安全，奖励恒业恒心，结果原来正当的商人，都变成了拿妻子生命财产来做买空卖空的投机家。我们只要翻开我们的日报：就可以知道这现代的社会是常态是变态。笼统一点说，他们现在只有两个阶级可分，一个是执行恐怖的主体，强盗，军队，土匪。绑匪，政客，野心的政治家，所有得势的投机家都是的，他们实行的，不论明的暗的，直接间接都是一种恐怖主义。还有一个是被恐怖的。前一阶级永远拿着杀人的利器或是类似的东西在威吓着，压迫着，要求满足他们的私欲，后一阶级永远是在地上爬着，发着抖，喊救命，这不是变态吗？这变态的现象表现在思想上就是种种荒谬的主义离奇的主张。笼统说，我们现在听得见的主义主张，除了平庸不足道的，大都是计算领着我们向死路上走的。这不是变态吗？

这种种的变态现象影响到我们青年，又是造成烦闷心理的原因的一个。

这混乱与变态的观众又协同造成了第三种的现象——一切标准的颠倒。人类的生活的条件，不仅仅是衣食住；“人之异于禽兽者几希”，我们一讲到人道，就不能脱离相当的道德观念。这比是无形的空气，他的清鲜是我们健康生活的必要条件。我们不能没有理想，没有信念，我们真生命的寄托决不在单纯的衣食间。我们崇拜英雄！广义的英雄——因为在他们事业上所表现的品性里，我们可以感到精神的满足与灵感，鼓动我们更高尚的天性，勇敢的发挥人道的伟大。你崇拜你的爱人，因为她代表的是女性的美德。你崇拜当代的政治家，因为他们代表的是无私心的努力。你崇拜思想家，因为他们代表的是寻求真理的勇敢。这崇拜的涵义就是标准。时代的风尚尽管变迁，但道义的标准是永远不动摇的。这些道义的准则，我们向时代要求的是随时给我们这些道义准则的具体的表现。仿佛是在渺茫的人生道上给悬着几颗照路的明星。但现代给我们的是什么？我们何尝没有热烈的崇拜心？我们何尝不在这一件那一件事上，或是这一个人物那一个人物的身上安放过我们迫切的期望。但是，但是，还用我说吗！有那一件事不使我们重大的迷

名师案语

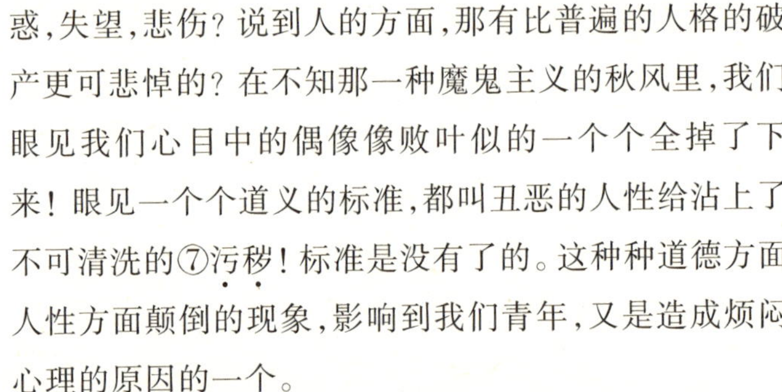

惑，失望，悲伤？说到人的方面，那有比普遍的人格的破产更可悲悼的？在不知那一种魔鬼主义的秋风里，我们眼见我们心目中的偶像像败叶似的一个个全掉了下来！眼见一个个道义的标准，都叫丑恶的人性给沾上了不可清洗的⑦污秽！标准是没有了的。这种种道德方面人性方面颠倒的现象，影响到我们青年，又是造成烦闷心理的原因的一个。

⑦污秽：肮脏的，不洁净的。

跟着这种种症候还有一个惊心的现象，是一般创作活动的消沉，这也是当然的结果。因为文艺创作活动的条件是和平有秩序的社会状态，常态的生活，以及理想主义的根据。我们现在却只有混乱，变态，以及精神生活的破产。这仿佛是拿毒药放进了人生的泉源，从这里流出来的思想，那还有什么真善美的表现？

这时代病的症候是说不尽的，这是最复杂的一种病，但单就我们上面说到的几点看来，我们似乎已经可以采得一点消息，至少我个人是这么想。——那一点消息就是生命的枯窘，或是活力的衰耗。我们所以得病是为我们生活的组织上缺少了思想的重心，它的使命是领导与指挥。但这又为什么呢？我的解释，是我们这民族已经到了一个活力枯窘的时期。生命之流的本身，已经是近于干涸了：再加之我们现得的病，又是直接克伐生命本体的致命症候，我们怎能受得住？这话可又讲远了，但又不能不从本原上讲起。我们第一要记得我们这民族是老得不堪的一个民族。我们知道什么东西都有它天限的寿命；一种树只能青多少年，过了这期限就得衰，一种花也只能开几度花，过此就为死（虽则从另一种看法，它们都是永生的，因为它们本身虽得死，它们的种子还是有机会继续发长）。我们这棵树在人类的树林里，已经算得是寿命极长的了。我们的血统比较又是纯粹的，就连我们的近邻西藏满蒙的民族都等于不和我们混合。还有一个特点是我们历来因为四民制的结果，士之子恒为士，商之子恒为商，思想这任务完全为士民阶级的专利，又因为经济制度的关系，活力最充足的农民简直没有机会读书，因为士民阶级形成了一种孤单的地位。我们要知道知识是一种⑧堕落，尤其从活力的观点看，这士民阶级是特别堕落的一个阶级，再加之我们旧教育观念的偏窄，单就知识论，我们思想本能活动的范围简直是荒谬的狭小。我们只有几本书，一套无生命的陈腐的文学，是我们惟一的工具。这情形就比是本来是一个海湾，和大海是相通的，但后来因为沙地的胀起，这一湾水渐渐的隔离它所从来的海，而更成了湖。这湖原先也许还承受得着几股山水的来源，但后来又经过陵谷的变迁，这部分的来源也断绝了，结果这湖又干成一只小潭，乃至一小潭的止水，胀满了青苔与萍梗，纯迟迟的眼看得见就可以完全干涸了去的一个东西。这是我们受教育的士民阶级的相仿情形。现在所谓智识阶级亦无非是这潭死水里的比较泥草松动些风来还多少吹得皱的一洼臭水，别瞧它矜矜自喜，可怜它能有多少前程？还能有多少生命？

所以我们这病，虽则症候不止一种，虽然看来复杂，归根只是中医所谓气血两亏的一种本原病。我们现在所感觉的烦闷，也只见沉浸在这一洼离死不远的臭水里的气闷，还有什么可说的？水因为不流所以滋生了水草，这水草的涨性，又帮助浸干这有限的水。同样的，我们的活力因为断绝了来源，所以发生了种种

名师案语

⑧堕落：思想和行为向消极的方向倾斜。

本原性的病症，这些病又回过来侵蚀本原，帮助消尽这点仅存的活力。

病性既是如此，那不是完全绝望了吗？

那也不是这么容易。一棵大树的凋零，一个民族的衰歇，决不是一朝一夕的事儿。我们当然还是要命。只是怎么要法，是我们的问题。我说过我们的病根是在失去了思想的重心，那又是原因于活力的单薄。在事实上，我们这读书阶级形成了一种极孤单的状况，一来因为阶级关系它和民族里活力最充足的农民阶级完全隔绝了，二来因为畸形教育以及社会的风尚的结果，它在生活方面是极端的城市化，腐化，奢侈化，惰化，完全脱离了大自然健全的影响变成自蚀的一种蛀虫，在智力活动方面，只偏向于纤巧的浅薄的诡辩的乃至于程式化的一道，再没有创造的力量的表示，渐次的完全失去了它自身的尊严以及统辖领导全社会活动的无上的权威。这一没有了统帅，种种紊乱的现象就都跟着来了。

这畸形的发展是值得寻味的。一方面你有你的读书阶级，中了过度文明的毒，一天一天望腐化僵化的方向走，但你却不能否认它智力的发达，只因为道义标准的颠倒以及理想主义的缺乏，它的活动也全不是在正理上。就说这一堂的翩翩年少——尤其是文化最发旺的江浙的青年，十个虑有九个是弱不禁风的。但问题还不全在体力的单薄，尤其是智力活动本身是有了病，它只有毒性的戟刺，没有健全的来源，没有天然的滋养。纤巧的新奇的思想不是我们需要的，我们要的是从丰满的生命与强健的活力里流露出来纯正的健全的思想，那才是有力量的思想。

同时我们再看看占我们民族十分之八九的农民阶级。他们生活的简单，脑筋的简单，感情的简单，意识的疏浅，文化的定住，几于使他们形成一种仅仅有生物作用的人类。他们的肌肉是发达的，他们是能工作的，但因为教育的不普及，他们智力的活动简直的没有机会，结果按照生物学的公例，因无用而退化，他们的脑筋简直不行的了。乡下的孩子当然比城市的孩子不灵，粗人的子弟当然比不上书香人的子弟，这是一定的。但我们现在为救这文化的性命，非得赶快就有健全的活力来补充我们受足了过度文明的毒的读书阶级不可。也有人说这读书阶级是不可救药的了，希望如其有，是在我们民族里还未经开化的农民阶级。我的意思是我们应得利用这部分未开凿的精力来补充我们开凿过分的士民阶级。讲到实施，第一得先打破这无形的阶级界限以及省分界限。通婚和婚是必要的，比较的说，广东湖南乃至北方人比江浙人健全得多，乡下人比城里人健全得多，所以江浙人和北方人非得尽量的通婚，城市人非得与农人尽量的通婚不可。但是这话说着容易，实际上是极困难的。讲到结婚，谁愿意放弃自身的艳福，为的是渺茫的民族的前途上，那一个翩翩的少年甘心放着⑨窈窕风流的江南女郎不要，而去乡村找粗蠢的大姑娘作配，谁肯不就近结识血统逼近的姨妹表妹乃至于同学妹，而肯远去异乡到口音不相通的外省人中间去寻配偶？这是难的我知道。但希望并不见完全没有——这希望完全是在教育上。第一我们得赶快认清这时代病无非是一种本原病，什么混乱的变态的现象、都无非显示生命的缺乏，这种种病，又都就是直接克伐生命的，所以我们为要文化与思想的健全，不能不想方法开通路子，使这几洼孤立的呆定的死水重复得到天然泉水的接济，重复灵活起来，一切的障碍与淤塞自然会得消灭——思想非得直接从生命的本体里热烈的迸裂出来才有力量，才是力量。这过度文明的人种非得带它回到生命的本源上去不可，它非得重新生过根不可。按着这个目标，我们在教育上就不能不极力推广教育的机会到健全的农民阶级里去，同时奖励阶级间的通婚。假如国家的力量可以干涉到个人婚姻的话，我们仅可以用强迫的方法叫你们这些翩翩的少年都去娶乡下大姑娘子，而同时把我们窈窕风流的女郎去嫁给农民做媳妇。况且谁知道，我们现在择偶

名师案语

⑨窈窕：形容女子心灵仪表兼美的样子。

名师案语

⑩奢侈：挥霍浪费钱财，过分追求享受。

⑪“我的意见是要多多接近自然，因为自然是健全的纯正的影响，这里面有无穷性灵的滋养与启发与灵感。”此句是对全文的总结，作者提出自己总结性的的意见。

的标准本身就是不健全的。女人要嫁给金钱，⑩奢侈，虚荣，女性的男子；男人的口味也是同样的不妥当。什么都是不健全的，喔，这毒气充塞的文明社会！在我们理想实现的那一天，我们这文化如其有救的话，将来的青年男女一定可以兼有士民与农民的特长，体力与智力得到均平的发展，从这类健全的生命树上，我们可以盼望吃得著美丽鲜甜的思想的果子！

至于我们个人方面，我也有一部分的意见，只是今天时光局促了怕没有机会发挥，但总结一句话，我们要认清我们是什么病，这病毒是在我们一个个你我的身体上，血液里，无容讳言的，只要我们不认错了病多少总有办法。⑪我的意见是要多多接近自然，因为自然是健全的纯正的影响，这里面有无穷尽性灵的滋养与启发与灵感。这完全靠我们各个自觉的修养。我们先得要立志不做时代和时光的奴隶，我们要做我们思想和生命的主人，这暂时的沉闷决不能压倒我们的理想，我们正应得感谢这深刻的沉闷，因为在这里，我们才感悟着一些自度的消息，如我方才说的，我们还是得努力，我们还是得坚持，我们的态度是积极的。正如我两年前《落叶》的结束是喊一声，Everlasting Yea，我今天还是要你们跟着我来喊一声 Everlasting Yea！

名师点金

赏析·启示

徐志摩共有四部散文集:《落叶》《巴黎的鳞爪》《自剖》《秋》。其中,《秋》是作者抒情言志的代表。文中字句清新,比喻新奇,意境优美,神思飘逸。本文在具有浓郁的诗情的同时,也包含着深刻的哲理,包含了作者对这社会病态的人性深深地忧虑思考。

※学习·拓展

在杜甫的《登高》中有"万里悲秋常作客,百年多病独登台"这样一句话。"悲秋"一直以来是中国传统文人的情绪主要感怀抒发的寄托与宣泄。因身处危逆境况,中国古代诗歌中的抒情主人公面对秋天的景致,感物伤怀,悲从中来,诗歌中的悲秋情怀充分展示了主人公焦虑的内心世界,既充实了失意、流亡、思乡、怨情等文学主题,也推动了抒情文学的发展。

海滩上种花

名师导读

徐志摩在《海滩上种花》一文中表面看来是在分析画作的内容,但实质上充满了对青年的期许。作者对青年给予了怎样的期许呢?画中看似是在讽刺小孩子傻傻的行为,其实画中却隐含着深层次的哲理的意味。

名师案语

①"我所以说朋友是奢华;'相知'是宝贝,但得拿真性情的血本去换,去拚。"此句是作者对朋友的理解。

朋友是一种奢华:且不说酒肉势利,那是说不上朋友,真朋友是相知,但相知谈何容易,你要打开人家的心,你先得打开你自己的,你要在你的心里容纳人家的心,你先得把你的心推放到人家的心里去:这真心或真性情的相互的流转,是朋友的秘密,是朋友的快乐。但这是说你内心的力量够得到,性灵的活动有富余,可以随时开放,随时往外流,像山里的泉水,流向容得住你的同情的沟槽;有时你得冒险,你得化本钱,你得抵拚在骂岈的乱石间,触刺的草缝里耐心的寻路,那时候艰难,苦痛,消耗,在在是可能的,在你这水一般灵动,水一般柔顺的寻求同情的心能找到平安欣快以前。

①我所以说朋友是奢华;"相知"是宝贝,但得拿真性情的血本去换,去拚。因此我不敢轻易说话,因为我自己知道我的来源有限,十分的谨慎尚且不时有破产的恐惧;我不能随便"化"。前天有几位小朋友来邀我跟你们讲话,他们的恳切折服了我,使我不得不从命,但

是小朋友们，说也②惭愧，我拿什么来给你们呢？

我最先想来对你们说些孩子话，因为你们都还是孩子。但是那孩子的我到那里去了？仿佛昨天我还是个孩子，今天不知怎的就变了样。什么是孩子要不为一点活泼的天真，但天真就比是泥土里的嫩芽，天冷泥土硬就压住了它的生机——这年头问谁去要和暖的春风？

孩子是没了。你记得的只是一个不清切的影子，模糊得很，我这时候想起就像是一个瞎子追念他自己的容貌，一样的记不周全；他即使想急了拿一双手到脸上去印下一个模子来，那样子也是个死的。真的没了。一天在公园里见一个小朋友不提多么活动，一忽儿上山，一忽儿爬树，一忽儿溜冰，一忽儿干草里打滚，要不然就跳着憨笑；我看着羡慕，也想学样，跟他一起玩，但是不能，我是一个大人，身上穿着长袍，心里存着体面，怕招人笑，天生的灵活换来③矜持的存心——孩子，孩子是没有的了，有的只是一个年岁与教育蛀空了的躯壳，死僵僵的，不自然的。

我又想找回我们天性里的野人来对你们说话。因为野人也是接近自然的；我前几年过印度时得到极刻心的感想，那里的街道房屋以及土人的体肤容貌，生活的习惯，虽则简，虽则陋，虽则不夸张，却处处与大自然——上面碧蓝的天，火热的阳光，地下焦黄的泥土，高矗的椰树——相调谐，情调，色彩，结构，看来有一种意义的一致，就比是一件完美的艺术的作品。也不知怎的，那天看了他们的街，街上的牛车，赶车的老头露着他的赤光的头颅与比紫姜色的圆肚，他们的庙，庙里的圣像与神座前的花，我心里只是不自在，就仿佛这情景是一个熟悉的声音的叫唤，叫你去跟着他，你的灵魂也

名师案语

②惭愧：因为自己有缺点、做错了事或未能尽到责任而感到羞耻。

③矜持：局促，拘束。

何尝不活跳跳的想答应一声“好,我来了,”但是不能,又有碍路的挡着你,不许你回复这叫唤声启示给你的自由。困着你的是你的教育;我那时的难受就比是一条蛇摆脱不了困住他的一个硬性的外壳——野人也给压住了,永远出不来。

所以今天站在你们上面的我不再是融会自然的野人,也不是天机活灵的孩子:我只是一个“文明人”,我能说的只是“文明话”。但什么是文明只是堕落?文明人的心里只是种种虚荣的念头,他到处忙不算,到处都得计较成败。我怎么能对着你们不感觉惭愧?不了解自然不仅是我的心,我的话也是的。并且我即使有话说也没法表现,即使有思想也不能使你们了解;内里那点子性灵就比是在一座石壁里牢牢的砌住,一丝光亮都不透,就凭这只眼望见你们,但有什么法子可以传达我的意思给你们,我已经忘却了原来的语言,还有什么话可说的?

但我的小朋友们还是逼着我来说谎(没有话说而勉强说话便是谎)。知识,我不能给;要知识你们得请教教育家去,我这里是没有的。智慧,更没有了:智慧是地狱里的花果,能进地狱更能出地狱的才采得着智慧,不去地狱的便没有智慧——我是没有的。

我正发窘的时候,来了一个救星——就是我手里这一小幅画,等我来讲道理给你们听。这张画是我的拜年片,一个朋友替我制的。你们看这个小孩子在海边沙滩上独自的玩,赤脚穿着草鞋,右手提着一枝花,使劲把它往沙里栽,左手提着一把浇花的水壶,壶里水点一滴滴的往下掉着。离着小孩不远看得见海里翻动着的波澜。

你们看出了这画的意思没有?

在海砂里种花。在海砂里种花!那小孩这一番种花的热心怕是白费的了。砂碛是养不活鲜花的,这几点淡水是不能帮忙的;也许等不到小孩转身,这一朵小花已经支不住阳光的逼迫,就得交卸他有限的生命,枯萎了去。况且那海水的浪头也快打过来了,海浪冲来时不说这朵小小的花,就是大根的树也怕站不住——所以这花落在海边上是绝望的了,小孩这番力量准是白

化的了。

你们一定很能明白这个意思。我的朋友是很聪明的，他拿这画意来比我们一群呆子，乐意在白天里做梦的呆子，满心想在海砂里种花的傻子。画里的小孩拿着有限的几滴淡水想维持花的生命，我们一群梦人也想在现在比沙漠还要干枯比沙滩更没有生命的社会里，凭着最有限的力量，想下几颗文艺与思想的种子，这不是一样的绝望，一样的傻？想在海砂里种花，想在海沙里种花，多可笑呀！但我的聪明的朋友说，这幅小小画里的意思还不止此；讽刺不是她的目的。她要我们更深一层看。在我们看来海沙里种花是傻气，但在那小孩自己却不觉得。他的思想是单纯的，他的信仰也是单纯的。他知道的是什么？他知道花是可爱的，可爱的东西应得帮助他发长；他平常看见花草都是从地土里长出来的，他看来海砂也只是地，为什么海砂里不能长花他没有想到，也不必想到，他就知道拿花来栽，拿水去浇，只要那花在地上站直了他就欢喜，他就乐，他就会跳他的跳，唱他的唱，来赞美这美丽的生命，以后怎么样，海砂的性质，花的运命，他全管不着！我们知道小孩们怎样的崇拜自然，他的身体虽则小，他的灵魂却是大着，他的衣服也许脏，他的心可是洁净的。这里还有一幅画，这是自然的崇拜，你们看这孩子在月光下跪着拜一朵低头的百合花，这时候他的心与月光一般的清洁，与花一般的美丽，与夜一般的安静。我们可以知道到海边上来种花那孩子的思想与这月下拜花的孩子的思想会得跪下的——单纯、清洁，我们可以想象那一个孩子把花栽好了也是一样来对着花膜拜祈祷——他能把花暂时栽了起来便是他的成功，此外以后怎么样不是他的事情了。

你们看这个象征不仅美，并且有力量；因为它告诉我们单纯的信心是创作的泉源——这单纯的烂漫的天真是最永久最有力量的东西，阳光烧不焦他，狂风吹不倒他，海水冲不了他，黑暗掩不了他——地面上的花朵有被摧残有消灭的时候，但小孩爱花种花这一点："真"却有的是永久的生命。

我们来放远一点看。我们现有的文化只是人类在历史上努力与牺牲的成绩。为什么人们肯努力肯牺牲？因为他们有天生的信心；他们的灵魂认识什么是真什么是善什么是美，虽则他们的肉体与智识有时候会诱惑他们反着方向走路；但只要他们认明一件事情是有永久价值的时候，他们就自然的会得兴奋，不期然的自己牺牲，要在这忽忽变动的声色的世界里，赎出几个永久不变的原则的凭证来。耶稣为什么不怕上十字架？密尔顿何以瞎了眼还要做诗，贝德花芬何以聋了还要制音乐，密仡郎其罗为什么肯积受几个月的潮湿不顾自己的皮肉与靴子连成一片的用心思，为的只是要解决一个小小的美术问题？为什么永远有人到冰洋尽头雪山顶上去探险？为什么科学家肯在显微镜底下或是数目字中间研究一般人眼看不到心想不通的道理消磨他一生的光阴？

为的是这些人道的英雄都有他们不可摇动的信心；像我们在海砂里种花的孩子一样，他们的思想是单纯的——④宗教家为善的原则牺牲，科学家为真的原则牺牲，艺术家为美的原则牺牲——这一切牺牲的结果便是我们现有的有限的文化。

你们想想在这地面上做事难道还不是一样的傻气——这地面还不与海砂一样不容你生根，在这里的事业还不是与鲜花一样的娇嫩？——潮水过来可以冲掉，狂风吹来可以折坏，阳光晒来可以薰焦我们小孩子手里拿着往砂里栽的鲜花，同样的，我们文化的全体还不一样有随时可以冲掉折坏薰焦的可能吗？巴比伦的文明现在那里？庞亚城曾经在地下埋过千百年，克利脱的文明直到最近五六十年间才完全发见。并且有时一件事实体的存在并不能证明他生命的继续。这区区地球的本体就有一千万个毁灭的可能。人们怕死不错，我们怕死人，但最可怕的不是死的死人，是活的死人，单有躯壳生命没有灵性生活是莫大的悲

名师案语

④运用排比和举例的手法来表达出作者对单纯和信仰的肯定。

名师案语

⑤侮辱：欺侮羞辱，使蒙受耻辱。

⑥"归根是我们失去了我们灵性努力的重心，那就是一个单纯的信仰，一点烂漫的童真！"此句在文中起点明主旨的作用。

惨；文化也有这种情形，死的文化到也罢了，最可怜的是勉强喘着气的半死的文化。你们如其问我要例子，我就不迟疑的回答你说，朋友们，贵国的文化便是一个喘着气的活死人！时候已经很久的了，自从我们最后的几个祖宗为了不变的原则牺牲他们的呼吸与血液，为了不死的生命牺牲他们有限的存在，为了单纯的信心遭受当时人的讪笑与⑤侮辱。时候已经很久的了，自从我们最后听见普遍的声音像潮水似的充满著地面。时候已经很久的了，自从我们最后看见强烈的光明像彗星似的扫掠过地面，时候已经很久的了，自从我们最后为某种主义流过火热的鲜血，时候已经很久的了，自从我们的骨髓里有胆量，我们的说话里有分量。这是一个极伤心的反省！我真不知道这时代犯了什么不可赦的大罪，上帝竟狠心的赏给我们这样恶毒的刑罚？你看看去这年头到那里去找一个完全的男子或是一个完全的女子——你们去看去，这年头那一个男子不是阳痿，那一个女子不是鼓胀！要形容我们现在受罪的时期，我们得发明一个比丑更丑比脏更脏比下流更下流比苟且更苟且比懦怯更懦怯的一类生字去！朋友们，真的我心里常常害怕，害怕下回东风带来的不是我们盼望中的春天，不是鲜花青草蝴蝶飞鸟，我怕他带来一个比冬天更枯槁更凄惨更寂寞的死天——因为丑陋的脸子不配穿漂亮的衣服，我们这样丑陋的变态的人心与社会凭什么权利可以问青天要阳光，问地面要青草，问飞鸟要音乐，问花朵要颜色？你问我明天天会不会放亮？我回答说我不知道，竟许不！

⑥归根是我们失去了我们灵性努力的重心，那就是一个单纯的信仰，一点烂漫的童真！不要说到海滩去种

花——我们都是聪明人谁愿意做傻瓜去——就是在你自己院子里种花你都懒怕动手哪！最可怕的怀疑的鬼与厌世的黑影已经占住了我们的灵魂！

所以朋友们，你们都是青年，都是春雷声响不曾停止时破绽出来的鲜花，你们再不可堕落了——虽则陷阱的大口满张在你的跟前，你不要怕，你把你的烂漫的天真倒下去，填平了它再往前走——你们要保持那一点的信心，这里面连着来的就是精力与勇敢与灵感——你们再不怕做小傻瓜，尽量在这人道的海滩边种你的鲜花去——花也许会消灭，但这种花的精神是不烂的！

名师点金

赏析·启示

《海滩上种花》是徐志摩的一篇散文，源于凌叔华为他画的一帧拜年片。作者借对画中内容的理解，传达了对青年的劝诫与呼唤。呼吁青年要保持那一份信心，要保持着这份精力、勇敢和灵感。只有这样才能抵制这黑暗的社会现实。

※学习·拓展

凌叔华，1990年3月25日生于文化古城北京的一个仕宦与书画世家，古城的灿烂文化和环境启迪了她的天资才华，影响了她的爱好和生活。1924年，在大学里，在作画的同时，她开始以白话执笔为文。1月13日在《晨报》副刊上，以瑞唐为笔名发表短篇小说处女作《女儿身世太凄凉》，接着又发表《资本家之圣诞》及杂感《朝雾中的哈大门大街》等。就凌淑华早期的创作而言，称她为有异于冰心、庐隐等闺秀派和丁玲、白薇等追求个性解放的新女性派之外的"新闺秀派"。

欧游漫录(选二)

名师导读

《欧游漫录》看似是一篇游记散文,在描写莫斯科风情的同时,也传递了作者徐志摩对苏俄看法的转变。他对苏俄的看法发生了怎样的转变呢?这种转变又是从哪些方面体现出来的?有什么样的现实意义?

名师案语

①斑驳:色彩杂乱;参差不一;形容色彩纷杂。

八　莫斯科

阿,莫斯科!曾经多少变乱的大城!罗马是一个破烂的旧梦:爱寻梦的你去;纽约是 Mammon 的宫阙,拜金钱的你去;巴黎是一个肉艳的大坑:爱荒淫的你去;伦敦是一个煤烟的市场,慕文明的你去。但莫斯科?这里没有光荣的古迹,有的是血污的近迹,这里没有繁华的幻景,有的是①斑驳的寺院;这里没有和暖的阳光,有的是泥泞的市街;这里没有人道的喜色,有的是伟大的恐怖与黑暗,惨酷,虚无的暗示,暗森森的雀山,你站着,半冻的莫斯科河,你流着:在前途二十个世纪的漫游中,莫斯科,是领路的南针,在未来文明变化的经程中,莫斯科是时代的象征,古罗马的牌坊是在残阙的简页中,是在破碎的乱石间;未来莫斯科的牌坊是在文明的骸骨间,是在人类鲜艳的血肉间。莫斯科,集中你那伟大的破坏的天才,一手拿着火种,一手拿着杀人的刀，趁早完成你的工作，好叫千百年后奴性的人类的子孙，多多的来，不断的来，像他们现在去罗马一样，到这暗森森的雀山的边沿，朝拜你的牌坊，纪念你的劳工，讴歌你的不朽！

这是我第一天到莫斯科在kremlin周围散步时心头涌起杂感的一斑，那天车到时是早上六时，上一天路过的森林，大概在Vladimir一带，多半是叫几年来战争摧残了的，几百年的古松只存下烧毁或剔残的余骸纵横在雪地里，这底下更不知掩盖着多少残毁的人体，冻结着多少鲜红的热血，沟堑也有可辨认的，虽则不甚分明，多谢这年年的白雪，他来填平地上的②丘壑，掩护人类的暴迹，省得伤感派的词客多费推敲，但这点子战场的痕迹，引起过路人惊心的标记，在将到莫斯科以前的确是一个切题的引子，你一路来穿度这西伯利亚白茫茫人迹稀有的广漠，偶尔在这里那里看到俄国人的生活，艰难，③缄默，忍耐的生活；你也看了这边地势的诗性，贝加尔湖边雄踞的山岭，乌拉尔东西博大的严肃的森林，你也尝着了这里空气异常的④凛冽与尖锐，像钢丝似的直透你的气管，逼迫你的清醒——你的思想应得已经受一番有力的洗刷，你的神经一种新奇的戟刺，你从贵国带来的灵性，叫怠惰，苟且，顽固，龌龊，与种种堕落的习惯束缚，压迫，淤塞住的，应得感受一些解放的动力，你的让名心，利欲，色业翳蒙了的眸子也应得觉着一点新来的清爽，叫他们睁开一些，张大一些，前途有得看，应得看的东西多着，即使不是你灵魂绝对的滋养，至少是一帖兴奋剂，防瞌睡的强烈性注射！

因此警醒！你的心；开张！你的眼；——你到了俄

名师案语

②丘壑：指山水幽深之处，亦指隐者所居之处。

③缄默：封闭，闭口不说话。

④凛冽：极为寒冷，严寒刺骨。

国,你到了莫斯科,这巴尔的克海以东,白令峡以西,北冰洋以南,尼也帕河以北千万里雪盖的地圈内一座着火的血红的大城!

在这大火中最先烧烂的是原来的俄国,专制的,贵族的,奢侈的,淫靡的,ancient regime 全没了,曳长裙的贵妇人,镶金的马车,献鼻烟壶的朝贵,猎装的世家子弟全没了,托尔斯泰与屠及尼夫小说中的社会全没了——他们并不全绝迹,在巴黎,在波兰,在纽约,在罗马你倘然会见什么伯爵夫人什么 osky 或是子爵夫人什么 owner,那就是叫大火烧跑的难民。他们,提起俄国就不愿意。他们会得告诉你现在的俄国不是他们的国了,那是叫魔鬼占据了去的(因此安琪儿们只得逃难)!俄国的文化是荡尽的了,现在就靠流在外国的一群人,诗人,美术家等等,勉力来代表斯拉夫的精神。如其他们与你讲得投机时,他们就会对你悲惨的历诉他们曾经怎样的受苦,怎样的逃难,他们本来那所大理石的庄子现在怎样了,他们有一个妙龄的侄女在乱时叫他们怎样了……但他们盼望日子已经很近,那班强盗倒运。因为上帝是有公道的,虽则……

你来莫斯科当然不是来看俄国的旧文化来的;但这里却也不定有"新文化",那是贵国的专利;这里来见的是什么你听着我讲。

你先抬头望天。青天看不见的,空中只是迷朦的半冻的云气,这天(我见的)的确是一个愁容的,服丧的天;阳光也偶尔有,但也只在云罅里力乏的露面,不久又不见了,像是楼居的病人偶尔在窗纱间看街似的。

现在低头看地。这三月的莫斯科街道应当受诅咒。在大寒天满地全铺着雪凝成一层白色的地皮也是一个道理;到了春天解放时雪全化水流入河去,露出本来的地面,也是一个说法;但这时候的天时可真是刁难了,他不给你全冻,也不给你全化;白天一暖,浮面的冰雪化成了泥泞,回头风一转向又冻土了,同时雨雪还是连连的下,结果这街道简直是没法收拾,他们也就不收拾,让他这"一塌糊涂"的窝着,反正总有一天会干净的!(所以你要这时候到俄国千万别忘带橡皮套鞋。)

再来看街上的铺子,铺子是伺候主客的;瑞蚨祥的主顾全没了的话,瑞蚨祥也只好上门;这里漂亮的奢侈的店铺是不见的了,顶多顶热闹的铺子

是吃食店，这大概是政府经理的；但可怕的是这边的市价：女太太，丝袜子听说也买得到得化十五二十块钱一双，好些的鞋在四十元左右，橘子大的七毛五小的五毛一只；我们四个人在客栈吃一顿早饭连税共付了二十元；此外类推。

再来看街上的人，先看他们的衣著，再看他们的面目。这里衣著的文化，自从贵族⑤匿迹，波淇洼(bourgcois)销声以后，当然是“荡尽”的了；男子的身上差不多不易见一件白色的衬衫，不必说鲜艳的领结(不带领结的多)，衣服要寻一身勉强整洁的就少；我碰着一位大学教授，他的衬衣大概就是他的寝衣，他的外套，像是一个癞毛黑狗皮统，大概就是他的被窝，头发是一团茅草再也看不出曾经爬梳过的痕迹，满面满腮的须毛也当然自由的滋长，我们不期望他有安全剃刀；并且这先生绝不是名流派有例外，我猜想现在在莫斯科会得到的“琴笃儿们”多少也就只这样的体面；你要知道了他们起居生活情形就不会觉得诧异。惠尔思先生在四五年前形容莫斯科科学馆的一群科学先生们说是活像监牢里的犯人或是地狱里的饿鬼，我想他的比况点也不过分。乡下人我没有看见，那是我想不怎样离奇的，西伯利亚的乡下人，着黄胡子穿大头靴子的，与俄国本土的乡下人应得没有多大分别。工人满街多的是，他们在衣著上并没有出奇的地方，只是襟上戴列宁徽章的多。小学生的游行团常看得见，在烂污的街心里一群乞丐似的黑衣小孩拿着红旗，打着皮鼓瑟东东的过去，做小买卖在街上拢摊提篮的不少，很多是残废的男子与老妇人，卖的是水果，烟卷，面包，朱古力糖(吃不得)等(路旁木亭子里卖书

名师案语

⑤匿迹：隐藏起来，不露形迹。

名师案语

报处也有小吃卖）。

街上见的娘们分两种：一种是好百姓家的太太小姐，她们穿得大都很勉强，丝袜不消说是看不见的。还有一种是共产党的女同志，她们不同的地方除了神态举止以外是她们头上的红巾或是红帽不是巴黎的时式（红帽），在雪泥斑驳的街道上倒是一点喜色！

什么都是相对的：那年我与陈博生从英国到佛朗德福那天正是星期，道上不问男女老小都是衣服铺、裁缝店里的模型，这一比他与我这风尘满身的旅客真像是外国叫化子！这回在莫斯科我又觉得窘，可不为穿的太坏，却为穿的太阔；试想在那样的市街上，在那样的人丛中，晦气是本色，⑥褴褛是应分，忽然来一个戴獭皮大帽身穿海龙领（假的）的皮大氅的外客；可不是唱戏似的走了板，错太远了，别说我，就是我们中国学生在莫斯科的（当然除了东方大学生）也常常叫同学们眨眼说他们是“波淇洼”，因为他们身上穿的是荣昌祥或是新记的蓝哗叽！这样看来，改造社会是有希望的；什么习惯都打得破，什么标准都可以翻身，什么思想都可以颠倒，什么束缚都可以摆脱，什么衣服都可以反穿……将来我们这两脚行动厌倦了时竟不妨翻新样叫两只手帮着来走，谁要再站起来就是笑话，那多好玩！

⑥褴褛：指衣服破烂，不堪入目。

虽则严敛，⑦阴霾，凝滞，是寒带上难免的气象，但莫斯科人的神情更是分明的忧郁，惨淡，见面时不露笑容，谈话时少有精神，仿佛他们的心上都压着一个重量似的。

⑦阴霾：天气阴晦、昏暗。比喻人的心灵上的阴影和不快的气氛。

这自然流露的笑容是最不可勉强的。西方人常说中国人爱笑，比他们会笑得多，实际上怎样我不敢说，但西方人见着中国人的笑我怕不免有好多是急笑，傻

笑,无谓的笑,代表一切答话的笑;犹之俄国人笑多半是 vodka 入神经的笑,热病的笑,疯笑,道施妥奄夫斯基的 idiot[⑥]的笑!那都不是真的喜笑,健康与快乐的表情。其实也不必莫斯科,现世界的大都会,有那几处人们的表情是自然的?Dublin(爱尔兰的都城)听说是快乐的,维也纳听说是活泼的,但我曾经到过的只有巴黎的确可算是人间的天堂,那边的笑脸像三月里的花似的不倦的开着,此外就难说了;纽约,芝加哥,柏林,伦敦的群众与空气多少叫你旁观人不得舒服,往往使你疑心错入了什么精神病院或是"偏心"病院,叫你害怕,巴不得趁早告别,省得传染。

现在莫斯科有一个希奇的现象,我想你们去过的一定注意到,就是男子抱着吃奶奶的小孩在街上走道,这在西欧是永远看不见的。这是苏维埃以来的情形。现在的法律规定一个人不得多占一间以上的屋子,听差,老妈子,下女,奶妈,不消说,当然是没有的了,因此年轻的夫妇,或是一同居住的男女,对于生育就得格外的谨慎,因为万一不小心下了种的时候,在小孩能进幼稚园以前这小宝贝的负担当然完全在父母的身上。你们姑且想想你们现在北京的,至少总有几间屋子住,至少总有一个老妈子伺候,你们还是常嫌着这样那样不称心哪!但假如有一天莫斯科的规矩行到了我们北京,那时你就得乖乖的放弃你的宅子,听凭政府分配去住东花厅或是西花厅的那一间屋子,你同你的太太就得另做人家,桌子得自己擦,地得自己扫,饭得自己烧,衣服得自己洗,有了小东西就得自己管,有时下午你们夫妻俩想一同出去散步的话,你总不好意思把小宝贝锁在屋子里,结果你得带走,你又没钱去买推车,你又不好意思叫你太太受累(那时候你与你的太太感情会好些的,我敢预言!),结果只有老爷自己抱,但这男人抱小孩其实是看不惯,他又往往不会抱,一个"蜡烛封"在他的手里,他不知道直着拿好还是横着拿好;但你到了莫斯科不看惯也得看惯,到那一天临着你自己的时候老爷你抱不惯也得抱他惯!我想果真有那一天的时候,生小孩决不会像现在的时行,竟许山格夫人与马利司徒博士等等比现在还得加倍的时行;但照莫斯科情形看来,未来的小安琪儿们还用不着过分的着急——也许莫斯科的父母没有余钱去买"法国橡皮",也许苏维埃政府不许父母们随便用橡皮,我没有打听清楚。

你有工夫时到你的俄国朋友的住处去看看。我去了，他是一位教授。我打门进去的时候他躺在他的类似"行军床"上看书或是编讲义，他见有客人连忙跳了起来，他只是穿着一件毛绒衫，肘子胸部都快烂了，满头的乱发，一脸斑驳的胡髭。他的房间像一条丝瓜。长方的，家具有一只小木桌，一张椅子，墙壁上几个挂衣的钩子，他自己的床是顶着窗的，斜对面另一张床，那是他哥哥或是弟弟的，墙壁上挂着些东方的地图，一联倒挂的五言小字条(他到过中国知道中文的)。桌上乱散着几本书，纸片，棋盘，笔墨等等，墙角里有一只酒精炉，在那里出气，大约是他的饭菜，有一只还不知两只椅子，但你在屋子里转身想不碰东西不撞人已经是不易了。

这是他们有职业的现时的生活。托尔斯泰的大小姐究竟受优待些，我去拜会她了，是使馆里一位屠太太介绍的，她居然有两间屋子，外间大些，是她教学生临画的，里间大约是她自己的屋子，但她不但有书有画，她还有一只顶有趣的小狗，一只可爱的小猫，她的情形，他们告诉我，是特别的，因为她现在还管着托尔斯泰的纪念馆，我与她谈了。当然谈起她的父亲(她今年六十)，下面再提，现在是讲莫斯科人的生活。

我是礼拜六清早到莫斯科，礼拜一晚上才去的，本想利用那三天工夫好好的看一看本地风光，尤其是戏。我在车上安排得好好的，上午看这样，下午到那里，晚上再到那里，那晓得我的运气真坏，碰巧他们中央执行委员那又死了一个要人，他的名字像是叫什么"妈里妈虎"——他死得我其实不见情，因为他出殡整个莫斯科就得关门当孝子，满街上迎丧，家家挂半旗，跳舞场不跳舞，戏馆不演戏，什么都没了，星期一又是他们的假日，所以我住了三天差不多什么都没看着，真气，那位"妈里妈虎"其实何妨迟几天或是早几天归天，我的感激是没有问题的。

所以如其你们看了这篇杂凑失望，不要完全怪我，妈里妈虎先生至少也得负一半的责。但我也还记得起几件事情，不妨乘兴讲给你们听。

我真笨，没有到以前，我竟以为莫斯科是一个完全新起的城子，我以为亚历山大烧拿破仑那一把火竟化上了整个莫斯科的大本钱，连 kremlin (皇城)都乌焦了的，你们都知道拿破仑想到莫斯科去吃冰其林那一段热闹的故事，俄国人知道他会打，他们就躲着不给他打，一直诱着他深入俄境，最后给他一个空城，回头等他在 kremlin 躺下了休息的时候，就给他放火，东边一把，西边一把，闹着玩，不但不请冰其林吃，连他带去的巴黎饼干，人吃的，马吃的，都给烧一个精光，一面天公也给他作对，北风一层层的吹来，雪花一片片的飞来，拿翁知道不妙，连忙下令退兵已经太迟，逃到了 Beresina 那地方，叫哥萨克的丈八蛇矛"劫杀横来"，几十万的长胜军叫他们切菜似的留不到几个，就只浑身烂污泥的法兰西大皇帝忙里捞着一匹马冲出了战场逃回家去半夜里叫门，可怜 Beresina 河两岸的冤鬼到如今还在那里欷虚，这笔糊涂账无从算起的了！

但我在这里重提这些旧话，并不是怕你们忘记了拿破仑，我只是提醒你们俄国人的辣手，忍心破坏的天才原是他们的种性，所以拿破仑听见 kremlin 冒烟的时候，连这残忍的魔王都跳了起来——"什么？"他说，"连他们祖宗的家院都不管了"！正是：斯拉夫民族是从不希罕小胜仗的，要来就给你一个全军覆没。

莫斯科当年并不曾全毁；不但皇城还是在着，四百年前的教堂都还在着。新房子虽则不少，但这城子是旧的。我此刻想起莫斯科，我的想象幻出了一个年老退伍的军人，战阵的暴烈已经在他年纪里消隐，但暴烈的遗迹却还明明的在着，他颊上的刃创，他颈边的枪瘢，他的空虚的注视，他的倔强的髭须，都指示他曾经的生活；他的衣服也是不整齐的，但这衣著的破碎也仿佛是他人格的一部，石上的苍苔似的，斑驳的颜色已经染蚀了岩块本体。在这苍老的莫斯科城内，竟不易看出新生命的消息——也许就只那新起的白宫，屋顶上飘扬着鲜艳的红旗，在赭黄，苍老的 kremlin 城围里闪亮着的，会得引起你注意与疑问，疑问这新来的色彩竟然大胆的侵占了古迹的中心，扰乱原来的调谐。这绝不是偶然，旅行人！快些擦净你风尘眯倦了的一双眼，仔细的来看看，竟许那看来平静的旧城子底下，全是炸裂性的火种，留神！回头地壳都烂成齑粉，慢说地面上的文明！

其实真到炸的时候，谁也躲不了，除非你趁早带了宝眷逃火星上面去——但火星本身炸不炸也还是问题。这几分钟内大概药线还不至于到根，我们也来赶早，不是逃，赶早来多看看这看不厌的地面。那天早上我一个人在那大教寺的平台上初次瞭望莫斯科，脚下全是滑溜的冻雪，真不易走道，我闪了一两次，但是上帝受赞美，那莫斯科河两岸的景色真是我不期望的眼福，要不是那石台上要命的滑，我早已惊喜得高跳起来！方向我是素来不知道的，我只猜想莫斯科河是东西流的，但那早上又没有太阳，所以我连东西都辨不清，我很可惜不曾上雀山去，学拿破仑当年，回头望冻雪笼罩着的莫斯科，一定别有一番气概，但我那天看着的也就不坏，留着雀山下一次再去，也许还来得及。在北京的朋友们，你们也趁早多去景山或是北海饱看看我们独有的“黄瓦连云”的禁城，那也是一个大观，在现在脆性的世界上，今日不知明日事，“趁早”这句话真有道理，回头北京变了第二个圆明园，你们软心肠的再到交民巷去访着色相片，老皱着眉头说不成，那不是活该！

如其北京的体面完全是靠皇帝，莫斯科的体面大半是靠上帝。你们见过希腊教的建筑没有？在中国恐怕就只哈尔滨有。那建筑的特色是中间一个大葫芦顶，有着色的，蓝的多，但大多数是金色，四角上又是四个小葫芦顶，大小的比称很不一致，有的小得不成样，有的与中间那个不差什么。有的花饰繁复，受东罗马建筑的影响，但也有纯白石造的，上面一个巨大的金项比如那大教堂，别有一种朴素的宏严。但最奇巧的是皇城外面那个有名的老教堂，大约是十六世纪完工的；那样子奇极了，你看了永远忘不了，像是做了最古怪的梦；基子并不大，那是俄国皇家做礼拜的地方，所以那面供奉与⑧祈祷的位置也是逼仄的；顶一共有

名师案语

⑧祈祷：信仰宗教的人向神默告自己的愿望，祈求免祸降福。

十个，排列的程序我不曾看清楚，各个的式与着色都不同：有的像我们南边的十楞瓜；有的像岳传里严成方手里拿的铜锤，有的活像一只波罗蜜，竖在那里，有的像一圈火蛇，一个光头探在上面，有的像隋唐传里单二哥的兵器，叫什么枣方架是不是？总之那一堆光怪的颜色，那一堆离奇的式样，我不但从没有见过，简直连梦里都不曾见过——谁想得到波罗蜜，枣方槊都会跑到礼拜堂顶上去的！

莫斯科像一个蜂窝，大小的教堂是他的蜂房；全城共有六百多（有说八百）的教堂，说来你也不信，纽约城里一个街角上至少有一家冰其林沙达店，莫斯科的冰其林沙达店是教堂，有的真神气，戴着真金的顶子在半空里卖弄，有的真寒伧，一两间小屋子一个烂芋头似的尖顶，挤在两间壁儿层屋子的中间，气都喘不过来。据说革命以来，俄国的宗教大吃亏，这几年不但新的没法造，旧的都没法修，那波罗蜜做顶那教堂里的教士，隐约的讲些给我们听，神情怪凄惨的。这情形中国人看真想不通，宗教会得那样有销路，仿佛祷告比吃饭还起劲，做礼拜比做面包还重要；到我们绍兴去看看——“五家三酒店，十步九茅坑”，庙也有的，在市梢头，在山顶上，到初一月半再会迟——那是何等的近人情，生活何等的有分称；东西的人生观这一比可差得太远了！

再回到那天早上，初次观光莫斯科，不曾开冻的莫斯科河上面盖着雪一条玉带似的横在我的脚下，河面上有的不少的乌鸦在那里寻食吃。莫斯科的乌鸦背上是灰色的，嘴与头颈也不像平常的那样贫相，我先看竟当是斑鸠！皇城在我的左边，默沉沉的包围着不少雄伟的工程。角上塔形的瞭台上隐隐的有重裹的衛兵巡哨的影子，塔不高，但有一种监视的威严颜色更是苍老，像是深赭色的火砖，他仿佛告诉你：“我们是不怕光阴，更不怕人事变迁的，拿破仑早去了，罗曼诺夫家完了，可仑斯基跑了，列宁死了，时间的流波里多添一层血影，我的墙上加深一层苍老，我是不怕老的，你们人类抵拚再流几次热血？”我的右手就是那大金顶的教寺；隔河望去竟像是一只盛开的荷花池，葫芦顶是莲花，高梗的，低梗的，浓艳的，澹素的，轩昂的，葳蕤的——就可惜阳光不肯出来，否则那满地的金莲更加亮一重光辉，多放一重异彩。恐怕西王母见了都会羡慕哩！

名师案语

⑨喧哗：声音大而杂乱。

十一 契诃夫的墓园

诗人们在这⑨喧哗的市街上不能不感寂寞；因此“伤时”是他们怨愫的发泄，“吊古”是他们柔情的寄托。但“伤时”是感情直接的反动：子规的清啼容易转成夜鹗的急调，吊古却是情绪自然的流露，想象已往的韶光，慰藉心灵的幽独：在墓墟间，在晚风中，在山一边，在水一角，慕古人情，怀旧光华；像是朵朵出岫的白云，轻沾斜阳的彩色，冉冉的卷，款款的舒，风动时动，风止时止。

吊古便不得不憬悟光阴的实在；随你想象它是汹涌的洪潮，想象它是缓渐的流水，想象它是倒悬的急湍，想象它是足迹的尾阎，只要你见到它那水花里隐现着的骸骨，你就认识它那无顾恋的冷酷，它那无限量的破坏的馋欲：桑田变沧海，红粉变骷髅，青梗变枯柴，帝国变迷梦，梦变烟，火变灰，石变砂，玫瑰变泥，一切的纷争消纳在无声的墓窟里……那时间人的来踪与去迹，它那色调与波纹，便如夕照晚霞中的山岭融成了青紫一片，是丘是壑，是林是谷，不再分明，但它那大体的轮廓却亭亭的刻画在无边，给你一个最清切的辨认。这一辨认就相联的唤起了疑问：人生究竟是什么？你得加下你的按语，你得表示你的“观”。陶渊明说大家在这一条水里浮沉，总有一天浸没在里面，让我今天趁南山风色好，多种一棵菊花，多喝一杯甜酿；李太白、苏东坡、陆放翁都回响说不错，我们的“观”就在这酒杯里。古诗十九首说这一生一扯即过，不过也得过，想长生的是傻子，抓住这现在的现在尽量的享福寻快乐是真的——

"不如饮美酒,被服纨与素,"曹子建望着火烧了的洛阳,免不得动感情;他对着渺渺的人生也是绝望——转蓬离本根,飘飘随长风,何意回飙举,吹我入云中,高高上无极,天路安可穷。光阴"悠悠"的神秘警觉了陈元龙:人们在世上都是无侍伴的独客,各个,在他觉悟时都是寂寞的灵魂。庄子也没奈何这悠悠的光阴,他借重一个调侃的骷髅,设想另一个宇宙,那边生的进行不再受时间的制限。

所以吊古——尤其是上坟——是中国文人的一个癖好。这癖好想是遗传的;因为就我自己说,不仅每到一处地方爱去郊外冷落处寻墓园消遣,那坟墓的意象竟仿佛在我每一个思想的后背音阑着——单这馒形的一块黄土在我就有无穷的意趣——更无须蔓草、凉风、白杨、青磷等等的附带。坟的意象与死的概念当然不能差离多远,但在我坟与死的关系却并不密切:死仿佛有附着或有实质的一个现象,坟墓只是一个美丽的虚无,在这静定的意境里,光阴仿佛止息了波动,你自己的思想也收敛了震悸,那时你的性灵便可感到最纯净的慰安,你再不要什么。还有一个原因为什么我不爱想死,是为死的对象就是最恼人不过的生,死止是中止生,不是解决生,更不是消灭生,止是增剧生的复杂,并不清理它的纠纷。坟的意象却不暗示你什么对举或比称的实体,它没有远亲,也没有近邻,它只是它,包涵一切,覆盖一切,调融一切的一个美的虚无。

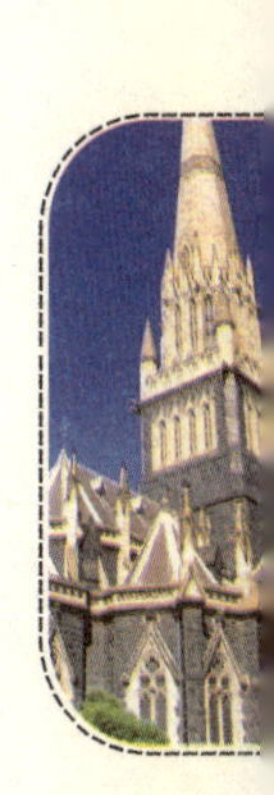

我这次到欧洲来倒像是专做清明来的;我不仅上知名的或与我有关系的坟(在莫斯科上契诃夫、克鲁泡德金的坟,在柏林上我自己儿子的坟,在枫丹薄罗上曼殊斐儿的坟,在巴黎上茶花女、哈哀内的坟;上菩特莱"恶之花"的坟;上凡尔泰、卢骚、嚣俄的坟;在罗马上雪莱、基茨的坟;在翡冷翠上勃郎宁太太的坟,上密佗郎其罗,梅迪启家的坟;日内到 Ravenna 去还得上丹德的坟,到 Assisi 上法兰西士的坟,到 Mautua 上浮吉尔(Virgil)的坟,我每过不知名的墓园也往往进去留连,那时情绪不定是伤悲,不定是感触,有风听风,在块块的墓碑间且自徘徊,待斜阳淡了再计较回家。

你们下回到莫斯科去,不要贪看列宁,那无非是一个像活的死人放着做广告的(口孽罪过!)反而忘却一个真值得去的好所在——那是在雀山山脚下的一座有名的墓园，原先是贵族埋葬的地方，但契诃夫的三代与克鲁泡德金也在里面，我在莫斯科三天，过得异常的昏闷，但那一个向晚，在那噤寂的寺园里，不见了莫斯科的红尘，脱离了犹太人的怖梦，从容的怀古，默默的寻思，在他人许有更大的幸福，在我已经知足。那庵名像是 Monestiere Vinozositoh（可译作圣贞庵），但不敢说是对的，好在容易问得。

我最不能忘情的坟山是日中神户山上专葬僧尼那地方，一因它是依山筑道，林荫花草是天然的，二因两侧引泉，有不绝的水声，三因地位高亢，望见海湾与对岸山岛，我最不喜欢的是巴黎 Montmartre 的那个墓园，虽则有茶花女的芳邻我还是不愿意，因为它四周是市街，驾空又是一架走电车的大桥，什么清宁的意致都叫那些机轮轧成了断片，我是立定主意不去的；罗马雪莱，基茨的坟场也算是不错，但这留着以后再讲；莫斯科的圣贞庵，是应得赞美的，但躺到那边去的机会似乎不多！

那圣贞庵本身是白石的，葫芦顶是金的，旁边有一个极美的钟塔，红色的，方的，异常的鲜艳，远望这三色——白、金、红——的配置，极有风趣；墓碑与坟亭密密的在这塔影下散布着，我去的那天正当傍晚，地下的雪一半化了水，不穿胶皮套鞋是不能走的；电车直到庵前，后背望去森森的林山便是拿破仑退兵时曾经回望的雀山，庵门内的空气先就不同，常青的树荫间，雪铺的地里，悄悄的屏息着各式的墓碑；青石的平台，镂像的长碣；嵌金的塔，中空的亭亭，有高踞的，有低伏的，有雕饰繁复的，有平易的：但他们表示的意思却只是极简单的一个，⑩古诗说的："下有陈死人，杳杳即长暮，潜寐黄泉下，千载永不寤。"

名师案语

⑩"古诗说：下有陈死人，杳杳即长幕，潜寐黄泉下，千载永不寤。"此句采用了引用的修辞手法，引用古诗句来表达作者对生死的见解。

我们向前走不久便发现了一个颇堪惊心的事实；有不少极庄严的碑碣倒在地上的，有好几处坚致的石阑与铁阑打毁了的；你们记得在这里埋着的贵族居多，近几年来风水转了，贵族最吃苦，幸而不毁，也不免亡命，阶级的怨毒在这墓园里都留下了痕迹——楚平王死得快还是逃不了尸体受刑——虽则有标记与无标记，有祭扫与无祭扫，究竟关不关这底下陈死人的痛痒，还是不可知的一件事：但对於虚荣心重视的活人，这类示威的手段却是一个警告。

我们摸索了半天，不曾寻着契河夫；我的朋友上那边问去了，我在一个转角站着等。那时候忽的眼前一亮（那天本是阴沉），夕阳也不知从那边过来，正照着金顶与红塔，打成一片不可信的辉煌；你们没见过大金顶的不易想象他那回光的力量，平常玻窗上的反光已够你耀眼的，何况偌大一个纯金的圆穹，我不由得不感谢那建筑家的高见，我看了西游记、封神传渴慕的金光神霞，到这里见着了！更有那秀挺的绯红的高塔也在这俄顷间变成了粲花⑪摇曳的长虹，仿佛脱离了地面，将次凌空飞去。

契柯夫的墓上（他父亲与他并肩）只是一块瓷青色的石碑，刻着他的名字与生死的年份，有铁栏围着，栏内半化的雪里有几瓣小青叶，旁边树上掉下去的，在那里微微的转动。

我独自倚着铁栏，沉思契诃夫今天要是在着他不知怎样；他是最爱“幽默”，自己也是最有谐趣的一位先生：他的太太告诉我们他临死的时候还要她讲笑话给他听；有幽默的人是不易做感情的奴隶的，但今天俄国的情形，今天世界的情形，他要是看了还能笑否，

名师案语

⑪摇曳：指轻轻地摆荡。

还能拿着他的灵活的笔继续写他灵活的小说否？……我正想着，一阵异样的声浪从园的那一角传过来打断了我的盘算，那声音在中国是听惯了的，但到欧洲是不提防的；我转过去看时有一位黑衣的太太站在一个坟前，她旁边一个服装古怪的牧师（像我们的游方和尚）高声念着经咒，在晚色团聚时，在森森的墓门间了，听着那异样的音调（语尾曼长向上曳作顿），你知道那怪调是念给墓中人听的，这一想毛发间就起了作用，仿佛底下的一大群全爬了上来在你的周围站着倾听似的，同时钟声响动。那边庵门开了，门前亮着一星的油灯，里面出来成行列的尼僧，向另一屋子走去，一体的黑衣黑兜，悄悄的在雪地里走去……

克鲁泡德金的坟在后面，只一块扁平的白石，指示这伟大灵魂遗蜕的歇处，看着颇觉凄惘。关门铃已摇过，我们又得回红尘去了。

名师点金

赏析·启示

《欧游漫录》记录了他对苏俄观点转变的心理轨迹。文中所传递的苏俄形象投射着徐志摩的政治立场与价值观念，徐志摩从自由主义、个人主义价值理念出发对苏俄乌托邦提出的质疑，其对中国政治道路、政治模式选择的仔细考量，至今仍具有重要的现实意义。

※学习·拓展

莫斯科，现俄罗斯联邦首都，跨莫斯科河及其支流亚乌扎河两岸，是一座美丽的国际大都市，为世界最大的城市之一和欧洲最大的城市。莫斯科建城于 1147 年，迄今已有 800 余年的历史。作为俄罗斯的中心城市，莫斯科与国家一起经历了一场场兴衰荣辱史。

印度洋上的秋思

名师导读

诗人之"愁",伴着印度洋上的秋思。在这个秋月团圆之日,更让诗人感到愁苦。作者的愁苦来自哪里?从文中哪些话语你能感受的到?"每逢佳节倍思亲"你是否也有过和作者一样的感受呢?

昨夜中秋。黄昏时西天挂下一大帘的云母屏,掩住了落日的光潮,将海天一体化成暗蓝色,寂静得如黑衣尼在圣座前默祷。过了一刻,即听得船梢布篷上①窸窸窣窣②啜泣起来,低压的云夹着迷蒙的雨色,将海线逼得像湖一般窄,沿边的黑影,也辨认不出是山是云,但涕泪的痕迹,却满布在空中水上。

又是一番秋意!那雨声在急骤之中,有零落萧疏的况味,连着阴沉的气氲,只是在我灵魂的耳畔私语道:"秋!"我原来无欢的心境,抵御不住那样温婉的浸润,也就开放了春夏间所积受的秋思,和此时外来的怨艾构合,产出一个弱的婴儿——"愁"。

天色早已沉黑,雨也已休止。但方才啜泣的云,还疏松地幕在天空,只露着些惨白的微光,预告明月已经装束齐整,专等开幕。同时船烟正在莽莽苍苍地吞吐,筑成一座蟒鳞的长桥,直连及西天尽处,和轮船泛出的一流翠波白沫,上下对照,留恋西来的踪迹。

名师案语

①窸窸窣窣:象声词,形容摩擦等轻微细小的声音。

②啜泣:指小声地哭。

名师案语

北天云幕豁处，一颗鲜翠的明星，喜滋滋地先来问探消息，像新嫁媳的侍婢，也穿扮得遍体光艳。但新娘依然姗姗未出。

我小的时候，每于中秋夜，呆坐在楼窗外等看“月华”。若然天上有云雾缭绕，我就替“亮晶晶的月亮”担扰。若然见了鱼鳞似的云彩，我的小心就欣欣怡悦，默祷着月儿快些开花，因为我常听人说只要有“瓦楞”云，就有月华；但在月光放彩以前，我母亲早已逼我去上床，所以月华只是我脑筋里一个不曾实现的想象，直到如今。

现在天上砌满了瓦楞云彩，霎时间引起了我早年许多有趣的记忆——但我的纯洁的童心，如今哪里去了！

月光有一种神秘的引力。她能使海波③咆哮，她能使悲绪生潮。月下的④喟息可以结聚成山，月下的情泪可以培畤百亩的畹兰，千茎的紫琳耿。我疑悲哀是人类先天的遗传，否则，何以我们几年不知悲感的时期，有时对着一泻的清辉，也往往凄心滴泪呢？

③咆哮：大吼大叫，通常是愤怒的情绪下产生的反应。形容人的暴怒喊叫。

④喟息：叹气。

但我今夜却不曾流泪。不是无泪可滴，也不是文明教育将我最纯洁的本能锄净，却为是感觉了神圣的悲哀，将我理解的好奇心激动，想学契古特白登来解剖这神秘的“眸冷骨累”。冷的智永远是热的情的死仇。他们不能相容的。

但在这样浪漫的月夜，要来练习冷酷的分析，似乎不近人情！所以我的心机一转，重复将锋快的智力剮起，让沉醉的情泪自然流转，听他产生什么音乐，让绻缱的诗魂漫自低回，看他寻出什么梦境。

明月正在云岩中间，周围有一圈黄色的彩晕，一阵

阵的轻霭，在她面前扯过。海上几百道起伏的银沟，一齐在微叱凄其的音节，此外不受清辉的波域，在暗中坟坟涨落，不知是怨是慕。

我一面将自己一部分的情感，看入自然界的现象，一面拿着纸笔，痴望着月彩，想从她明洁的辉光里，看出今夜地面上秋思的痕迹，⑤希冀她们在我心里，凝成高洁情绪的菁华。因为她光明的捷足，今夜遍走天涯，人间的恩怨，哪一件不经过她的慧眼呢？

印度的 Ganges（埂奇）河边有一座小村落，村外一个榕绒密绣的湖边，坐着一对情醉的男女，他们中间草地上放着一尊古铜香炉，烧着上品的水息，那温柔婉恋的烟篆，沉馥香浓的热气，便是他们爱感的象征。月光从云端里轻俯下来，在那女子脑前的珠串上，水息的烟尾上，印下一个慈吻，微哂，重复登上她的云艇，上前驶去。

一家别院的楼上，窗帘不曾放下，几枝肥满的桐叶正在玻璃上摇曳斗趣，月光窥见了窗内一张小蚊床上紫纱帐里，安眠着一个安琪儿似的小孩，她轻轻挨进身去，在他温软的眼睫上，嫩桃似的腮上，抚摩了一会儿。又将她银色的纤指，理齐了他脐圆的额发，蔼然微哂着，又回她的云海去了。

一个失望的诗人，坐在河边一块石头上，满面写着幽郁的神情，他爱人的倩影，在他胸中像河水似的流动，他又不能在失望的渣滓里榨出些微甘液，他张开两手，仰着头，让大慈大悲的月光，那时正在过路，洗沐他泪腺湿肿的眼眶，他似乎感觉到清心的安慰，立即摸出一枝笔，在白衣襟上写道：

⑥月光，

名师案语

⑤希冀：希望得到（多用于书面语）。

⑥“月光，你是失望儿的乳娘！”此句采用了比喻和拟人的修辞手法。

你是失望儿的乳娘！

面海一座柴屋的窗棂里，望得见屋里的内容：一张小桌上放着半块面包和几条冷肉，晚餐的剩余，窗前几上开着一本家用的《圣经》，炉架上两座点着的烛台，不住地在流泪，旁边坐着一个皱面驼腰的老妇人，两眼半闭不闭地落在伏在她膝上悲泣的一个少妇，她的长裙散在地板上像一只大花蝶。老妇人掉头向窗外望，只见远远海涛起伏，和慈祥的月光在拥抱蜜吻，她叹了声气向着斜照在《圣经》上的月彩嗫道：

真绝望了！真绝望了！

她独自在她精雅的书室里，把灯火一齐熄了，倚在窗口一架藤椅上，月光从东墙肩上斜泻下去，笼住她的全身，在花砖上幻出一个窈窕的倩影，她两根垂辫的发梢，她微澹的媚唇，和庭前几茎高峙的玉兰花，都在静谧的月色中微颤，她加她的呼吸，吐出一股幽香，不但邻近的花草，连月儿闻了，也禁不住迷醉，她腮边天然的妙涡，已有好几日不圆满：她瘦损了。但她在想什么呢？月光，你能否将我的梦魂带去，放在离她三五尺的玉兰花枝上。

威尔斯[②]西境一座矿床附近，有三个工人，口衔着笨重的烟斗，在月光中间坐。他们所能想到的话都已讲完，但这异样的月彩，在他们对面的松林，左首的溪水上，平添了不可言语比说的妩媚，惟有他们工余倦极的眼珠不阖，彼此不约而同今晚较往常多抽了两斗的烟，但他们矿火熏黑，煤块擦黑的面容，表示他们心灵的薄弱，在享乐烟斗以外，虽然秋月溪声的戟刺，也不能有精美情绪之反感。等月影移西一些，他们默默地扑出了一斗灰，起身进屋，各自登床睡去。月光从屋背飘眼望进去，只见他们都已睡熟；他们即使有梦，也无非矿内矿外的景色！

月光渡过了爱尔兰海峡，爬上海尔佛林的高峰，正对着静默的红潭。潭水凝定得像一大块冰，铁青色。四周斜坦的小峰，全都满铺着蟹青和蛋白色的岩片碎石，一株矮树都没有。沿潭间有些丛草，那全体形势，正像一大青碗，现在满盛了清洁的月辉，静极了，草里不闻虫吟，水里不闻鱼跃；只有石缝里潜涧沥淅之声，断续地作响，仿佛一座大教堂里点着一星小火，益发对照出静穆宁寂的境界，月儿在铁色的潭面上，倦倚了半晌，重复拔起她的银舄，过山去了。

昨天船离了新加坡以后，方向从正东改为东北，所以前几天的船梢正对落日，此后“晚霞的工厂”渐渐移到我们船向的左手来了。

昨夜吃过晚饭上甲板的时候，船右一海银波，在犀利之中涵有幽秘的彩色，凄清的表情，引起了我的凝视。那放银光的圆球正挂在你头上，如其起靠着船头仰望。她今夜并不十分鲜艳：她精圆的芳容上似乎轻笼着一层藕灰色的薄纱；轻漾着一种悲喟的音调；轻染着几痕泪化的雾霭。她并不十分鲜艳，然而她素洁温柔的光线中，犹之少女浅蓝妙眼的斜瞟；犹之春阳融解在山巅白云反映的嫩色，含有不可解的迷力，媚态，世间凡具有感觉性的人，只要承沐着她的清辉，就发生也是不可理解的反应，引起隐复的内心境界的紧张，——像琴弦一样，——人生最微妙的情绪，戟震生命所蕴藏高洁名贵创现的冲动。有时在心理状态之前，或于同时，撼动躯体的组织，使感觉血液中突起冰流之冰流，嗅神经难禁之酸辛，内藏汹涌之跳动，泪腺之骤热与润湿。那就是秋月兴起的秋思——愁。

昨晚的月色就是秋思的泉源，岂止，直是悲哀幽骚悱怨沉郁的象征，是季候运转的伟剧中最神秘亦最自然的一幕，诗艺界最凄凉亦最微妙的一个消息。

今夜月明人尽望，不知秋思在谁家。

中国字形具有一种独一的妩媚，有几个字的结构，我看来纯是艺术家的匠心：这也是我们国粹之尤粹者之一。譬如“秋”字，已经是一个极美的字形；“愁”字更是文字史上有数的杰作；有石开湖晕，风扫松针的妙处，这一群点画的配置，简直经过柯罗的画篆，米佗朗其罗的雕圭，Chopin 的神感；像——用一个科学的比喻——原子的结构，将旋转宇宙的大力收缩成一个无形无踪的电核；这十三笔造成的象征，似乎是宇宙和人生悲惨的现象和经验，吁喟和涕泪，所凝成最纯粹精密的结晶，满充了催迷的秘力。你若然有高蒂闲[④]（Gautier）异超的知感性，定然可以梦到，愁字变形为秋霞黯绿色的通明宝玉，若用银槌轻击之，当吐银色的幽咽电蛇似腾入云天。

我并不是为寻秋意而看月，更不是为觅新愁而访秋月；蓄意沉浸于悲哀的生活，是丹德所不许的。我盖见月而感秋色，因秋窗而拈新愁：人是一簇脆弱而富于反射性的神经！

我重复回到现实的景色，轻裹在云锦之中的秋月，像一个遍体蒙纱的女郎，她那团圆清朗的外貌像新娘，但同时她幂弦的颜色，那是藕灰，她踟躇的行踵，掩泣的痕迹，又使人疑是送丧的丽姝。所以我曾说：

秋月呀？

我不盼望你团圆。

这是秋月的特色，不论她是悬在落日残照边的新镰，与“黄昏晓”竞艳的眉钩，中宵斗没西陲的金碗，星云参差间的银床，以至一轮腴满的中秋，不论盈昃高下，总在原来澄爽明秋之中，遍洒着一种我只能称之为“悲哀的轻霭”，和“传愁的以太”。即使你原来无愁，见此也禁不得沾染那“灰色的音调”，渐渐兴感起来！

秋月呀！

谁禁得起银指尖儿

浪漫地搔爬呵！

不信但看那一海的轻涛，可不是禁不住她一指的抚摩，在那里低徊饮泣呢！就是那：

无聊的云烟，

秋月的美满，

熏暖了飘心冷眼，

也清冷地穿上了轻缟的衣裳，

来参与这

美满的婚姻和丧礼。

名师点金

赏析·启示

诗人在这篇记游性诗化意味很浓的散文中以他想象的翅膀遍走天涯，游思所及，清泪沉醉，诗魂缕缝，那一片“月色”微愁而慰藉。这篇如诗如歌的《印度洋上的秋思》，字字句句、一点一滴浸润着诗人著称于世的万千柔情以及脆弱轻灵的气质。在这些或近或遥、具有疼痛感的意象的把握里，诗人纤细的感触或游移流连，或喟叹沉吟，丝丝缕缕总关一个“情”字。

※学习·拓展

中秋节是中国传统节日之一。为每年农历八月十五，传说是为了纪念嫦娥奔月。“中秋”一词，最早见于《周礼》。又因为这个节日在秋季八月，故又称“秋节”、“八月节”；又有祈求团圆的信仰和相关习俗活动，故亦称“团圆节”、“女儿节”。

罗曼罗兰

自 剖

名师导读

在《自剖》中作者敞开心扉对自身进行剖析和忏悔，作者用什么样的事例来剖析自身和外界的病因呢？作者在谈到时局变化时，面对眼前的事实，作者有了怎样的感受呢？人们追求的所谓“舒服、健康、幸福”在作者看来是有益处的吗？

我是个好动的人；每回我身体行动的时候，我的思想也仿佛就跟着跳荡。①我做的诗，不论它们是怎样的“无聊”，有不少是在行旅期中想起的。我爱动，爱看动的事物，爱活泼的人，爱水，爱空中的飞鸟，爱车窗外掣过的田野山水。星光的闪动，草叶上露珠的颤动，花须在微风中的摇动，雷雨时云空的变动，大海中波涛的汹涌，都是在在触动我感兴的情景。是动，不论是什么性质，就是我的兴趣，我的灵感。是动就会催快我的呼吸，加添我的生命。

近来却大大的变样了。第一我自身的肢体，已不如原先灵活；我的心也同样的感受了不知是年岁还是什么的②拘絷。动的现象再不能给我欢喜，给我启示。先前我看着在阳光中闪烁的余金，就仿佛看见了神仙宫阙——什么③荒诞美丽的幻觉，不在我的脑中一闪闪的掠过；现在不同了，阳光只是阳光，流波只是流波，任凭景色怎样的灿烂，再也照不化我的呆木的心灵。我的

名师案语

①“我做的诗，不论它们是怎样的‘无聊’。”此句中的“无聊”被加以引号，是作者的自谦之词。

②拘絷：束缚。

③荒诞：虚伪而不可信。

思想，如其偶尔有，也只似岩石上的藤萝，贴着枯干的粗糙的石面，极困难的蜓着；颜色是苍黑的，姿态是倔强的。

我自己也不懂得何以这变迁来得这样的兀突，这样的深彻。原先我在人前自觉竟是一注的流泉，在在有飞沫，在在有闪光；现在这泉眼，如其还在，仿佛是叫一块石板不留余隙的给镇住了。我再没有先前那样蓬勃的情趣，每回我想说话的时候，就觉着那石块的重压，怎么也掀不动，怎么也推不开，结果只能自安沉默！“你再不用想什么了，你再没有什么可想的了”；“你再不用开口了，你再没有什么话可说的了”，我常觉得我沉闷的心府里有这样半嘲讽半④吊唁的谆嘱。

说来我思想上或经验上也并不曾经受什么过分剧烈的戟刺。我处境是向来顺的，现在，如其有不同，只是更顺了的。那么为什么这变迁？远的不说，就比如我年前到欧洲去时的心境：啊！我那时还不是一只初长毛角的野鹿？什么颜色不激动我的视觉，什么香味不奋兴我的嗅觉？我记得我在意大利写游记的时候，情绪是何等的活泼，兴趣何等的醇厚，一路来眼见耳听心感的种种，那一样不活栩栩的丛集在我的笔端，争求充分的表现！如今呢？我这次到南方去，来回也有一个多月的光景，这期内眼见耳听心感的事物也该有不少。我未动身前，又何尝不自喜此去又可以有机会饱餐西湖的风色，邓尉的梅香——单提一两件最合我脾胃的事。有好多朋友也曾期望我在这闲暇的假期中采集一点江南风趣，归来时，至少也该带回一两篇爽口的诗文，给在北京泥土的空气中活命的朋友们一些清醒的⑤消遣。但在事实上不但在南中时我白瞪着大

名师案语

④吊唁：祭奠死者并慰问其家属。

⑤消遣：消磨，排遣。

眼，看天亮换天昏，又闭上了眼，拼天昏换天亮，一枝秃笔跟着我涉海去，又跟着我涉海回来，正如岩洞里的一根石笋，压根儿就没一点摇动的消息；就在我回京后这十来天，任凭朋友们怎样的催促，自己良心怎样的责备，我的笔尖上还是滴不出一点墨沛来。我也曾勉强想想，勉强想写，但到底还是白费！可怕是这心灵骤然的呆顿。完全死了不成？我自己在疑惑。

说来是时局也许有关系。我到京几天就逢着空前的血案。五卅事件发生时我正在意大利山中，采茉莉花编花篮儿玩，翡冷翠山中只见明星与流萤的交唤，花香与山色的温存，俗氛是吹不到的。直到七月间到了伦敦，我才理会国内风光的惨淡，等得我赶回来时，设想中的激昂，又早变成了明日黄花，看得见的痕迹只有满城黄墙上墨彩斑斓的“泣告”！

这回却不同。屠杀的事实不仅是在我住的城子里发见，我有时竟觉得是我自己的灵府里的一个惨象。杀死的不仅是青年们的生命，我自己的思想也仿佛遭着了致命的打击，比是国务院前的断胫残肢，再也不能回复生动与连贯。但这深刻的难受在我是无名的，是不能完全解释的。这回事变的奇惨性引起愤慨与悲切是一件事，但同时我们也知道在这根本起变态作用的社会里，什么怪诞的情形都是可能的。屠杀无辜，还不是年来最平常的现象。自从内战纠结以来，在受战祸的区域内，那一处村落不曾分到过遭奸污的女性，屠残的骨肉，供牺牲的生命财产？这无非是给冤氛团结的地面上多添一团更集中更鲜艳的怨毒。再说那一个民族的解放史能不浓浓的染着 Martyrs 的腔血？俄国革命的开幕就是二十年前冬宫的血景。只要我们有识力认定，有胆量实行，我们理想中的革命，这回羔羊的血就不会是白涂的。所以我个人的沉闷决不完全是这回惨案引起的感情作用。

爱和平是我的生性。在怨毒，猜忌，残杀的空气中，我的神经每每感受一种不可名状的压迫。记得前年奉直战争时我过的那日子简直是一团黑漆，每晚更深时，独自抱着脑壳伏在书桌上受罪，仿佛整个时代的沉闷盖在我的头顶——直到写下了《毒药》那几首不成形的咒诅诗以后，我心头的紧张才渐渐的缓和下去。这回又有同样的情形；只觉着烦，只觉着闷，感想来时只是破碎，笔头只是笨滞。结果身体也不舒畅，像是蜡油涂抹住了全身毛窍似的难过，一天过去了又是一天，我这里又在重演更深独坐箍紧脑壳的姿势，窗外皎洁的月光，分明是在嘲讽我内心的枯窘！

不，我还得往更深处按。我不能叫这时局来替我思想骤然的呆顿负责，我得往我自己生活的底里找去。

平常有几种原因可以影响我们的心灵活动。实际生活的牵掣可以劫去我们心灵所需要的闲暇，积成一种压迫。在某种热烈的想望不曾得满足时，我们感觉精神上的烦闷与焦躁，失望更是颠覆内心平衡的一个大原因；较剧烈的种类可以麻痹我们的灵智，淹没我们的理性。但这些都合不上我的病源；因为我在实际生活里已经得到十分的幸运，我的潜在意识里，我敢说不该有什么压着的欲望在作怪。

但是在实际上反过来看，另有一种情形可以阻塞或是减少你心灵的活动。我们知道舒服，健康，幸福，是人生的目标，我们因此推想我们痛苦的起点是在望见那些目标而得不到的时候。我们常听人说"假如我像某人那样生活无忧我一定可以好好的做事，不比现在整天的精神全化在琐碎的烦恼上。"我们又听说"我不能做事就为身体太坏，若是精神来得，那就……"我们又常常设想幸福的境界，我们想"只要有一个意中人在跟前那我一定奋发，什么事做不到？"⑥但是不，在事实上，舒服，健康，幸福，不但不一定是帮助或奖励心灵生活的条件，它们有时正得相反的效果。我们看不起有钱人，在社会上得意人，肌肉过分发展的运动家，也正在此；至于年少人幻想中的美满幸福，我敢说等得当真有了红袖添香，你的书也就读不出所以然来，且不说什么在学问上或艺术上更认真的工作。

名师案语

⑥"但是不，在事实上，舒服，健康，幸福，不但不一定是帮助或奖励心灵生活的条件，它们有时正得相反的效果。"此句在文中起着转折的作用。为下面作者表达自己的观点做准备。

那末生活的满足是我的病源吗?

“在先前的日子,”一个真知我的朋友,就说:“正为是你生活不得平衡,正为你有欲望不得满足,你的压在内里的libido就形成一种升华的现象,结果你就借文学来发泄你生理上的郁结(你不常说你从事文学是一件不预期的事吗?);这情形又容易在你的意识里形成一种虚幻的希望,因为你的写作得到一部分赞许,你就自以为确有相当创作的天赋以及独立思想的能力。但你只是自冤自,实在你并没有什么超人一等的天赋,你的设想多半是虚荣,你的以前的成绩只是升华的结果。所以现在等得你生活换了样,感情上有了安顿,你就发见你向来写作的来源顿呈萎缩甚至枯竭的现象;而你又不愿意承认这情形的实在,妄想到你身子以外去找你思想枯窘的原因,所以你就不由的感到深刻的烦闷。你只是对你自己生气,不甘心承认你自己的本相。不,你原来并没有三头六臂的!

“你对文艺并没有真兴趣,对学问并没有真热心。你本来没有什么更高的志愿,除了相当合理的生活,你只配安分做一个平常人,享你命里注定的‘幸福’;在事业界,在文艺创作界,在学问界内,全没有你的位置,你真的没有那能耐。不信你只要自问在你心里的心里有没有那无形的‘推力’,整天整夜的恼着你,逼着你,督着你,放开实际生活的全部,单望着不可捉模的创作境界里去冒险?是的,顶明显的关键就是那无形的推力或是冲动(The Impulse),没有它人类就没有科学,没有文学,没有艺术,没有一切超越功利实用性质的创作。你知道在国外(国内当然也有,许没那样多)有多少人被这无形的推力驱使着,在实际生活上变成一种离魂病性质的变态动物,不但人间所有的虚荣永远沾不上他们的思想,就连维持生命的睡眠饮食,在他们都失了重要,他们全部的心力只是在他们那无形的推力所指示的特殊方向上集中应用。怪不得有人说天才是疯癫;我们在巴黎、伦敦不就到处碰得着这类怪人?如其他是一个美术家,恼着他的就只怎样可以完全表现他那理想中的形体;一个线条的准确,某种色彩的调谐,在他会得比他生身父母的生死与国家的存亡更重要,更迫切,更要求注意。我们知道专门学者有终身掘坟墓的,研究蚊虫生理的,观察亿万万里外一个星的动定的。并且他们决不问社

会对于他们的劳力有否任何的认识，那就是虚荣的进路；他们是被一点无形的推力的魔鬼蛊定了的。

“这是关于文艺创作的话。你自问有没有这种情形。你也许经验过什么‘灵感’，那也许有，但你却不要把刹那误认作永久的，虚幻认作真实。至于说思想与真实学问的话，那也得背后有一种推力，方向许不同，性质还是不变。做学问你得有原动的好奇心，得有天然热情的态度去做求知识的工夫。真思想家的准备，除了特强的理智，还得有一种原动的信仰；信仰或寻求信仰，是一切思想的出发点：极端的怀疑派思想也只是期望重新位置信仰的一种努力。从古来没有一个思想家不是宗教性的。在他们，各按各的倾向，一切人生的和理智的问题是实在有的；神的有无，善与恶，本体问题，认识问题，意志自由问题，在他们看来都是含逼迫性的现象，要求合理的解答——比山岭的崇高，水的流动，爱的甜蜜更真，更实在，更耸动。他们的一点心灵，就永远在他们设想的一种或多种问题的周围飞舞，旋绕，正如灯蛾之于火焰：牺牲自身来贯彻火焰中心的秘密，是他们共有的决心。

“这种惨烈的情形，你怕也没有吧？我不说你的心幕上就没有思想的影子；但它们怕只是虚影，像水面上的云影，云过影子就跟着消散，不是石上的溜痕越日久越深刻。

“这样说下来，你倒可以安心了！因为个人最大的悲剧是设想一个虚无的境界来谎骗你自己；骗不到底的时候你就得忍受‘幻灭’的莫大的苦痛。与其那样，还不如及早认清自己的深浅，不要把不必要的负担，放上支撑不住的肩背，压坏你自己，还难免旁人的笑话！朋友，不要迷了，定下心来享你现成的福分吧；思想不是你的分，文艺创作不是你的分，独立的事业更不是你的分！天生扛了重担来的那也没法想。（那一个天才不是活受罪！）你是原来轻松的，这是多可羡慕，多可贺喜的一个发见！算了吧，朋友！”

名师点金

赏析·启示

沐浴着散文美学真实的光芒,带着对人类潜在渴求沟通的欲望的诱惑,徐志摩的《自剖》成为一篇隽永的散文佳作。他从痛苦和困惑中挖掘心灵的谜底。作者袒露心迹,剖析自身的、外界的病因,徐志摩面对自己思维的枯萎,灵感停滞的难捱困境,能将其苦衷说出来是需要极大的勇气的。

※学习·拓展

《自剖》是当代著名作家徐志摩的一本散文集,由新月书店发行。1928年1月出版,1928年10月再版。书的扉页写有“自剖文集　志摩署”的字样。全书分为三辑,分别为“自剖辑第一”、“哀思辑第二”、“游俄辑第三”。

再 剖

名师导读

徐志摩通过自剖来剖析社会，剖析那个时代的病象。在徐志摩看来，那个社会是怎样的？那个时代的病象是怎样的？徐志摩在文中传达了自己怎样的呼唤？反映时代声音正是徐志摩作为一个正直的艺术家自觉自愿的创作态度。

名师案语

①引诱：使用手段，使人认识模糊而做坏事。

②隐遁：隐居远避尘世。

③私亵：指个人轻慢或不严肃的态度。

你们知道喝醉了想吐吐不出或是吐不爽快的难受不是？这就是我现在的苦恼；肠胃里一阵阵的作恶，腥腻从食道里往上泛，但这喉关偏跟你别扭，它捏住你，逼住你，逗着你——不，它且不给你痛快哪！前天那篇《自剖》，就比是哇出来的几口苦水，过后只是更难受，更觉着往上冒。我告你我想要怎么样。我要孤寂：要一个静极了的地方——森林的中心，山洞里，牢狱的暗室里——再没有外界的影响来逼迫或①引诱你的分心，再不须计较旁人的意见，喝采或是嘲笑；当前惟一的对象是你自己：你的思想，你的感情，你的本性。那时它们再不会躲避，不曾②隐遁，不会装作；赤裸裸的听凭你察看，检验，审问。你可以放胆解去你最后的一缕遮盖，袒露你最自怜的创伤，最掩讳的③私亵。那才是你痛快一吐的机会。

但我现在的生活情形不容我有那样一个时机。白天太忙（在人前一个人的灵性永远是蜷缩在壳内的蜗牛),到夜间,比如此刻,静是静了,人可又倦了,惦着明天的事情又不得不早些休息。啊,我真羡慕我台上放着那块唐砖上的佛像,他在他的莲台上瞑目坐着,什么都摇不动他那入定的圆澄。我们只是在烦恼网里过日子的众生,怎敢企望那光明无碍的境界!有鞭子下来,我们躲;见好吃的,我垂涎;听声响,我们着忙;逢着痛痒,我们着恼。我们是鼠,是狗,是刺猬,是天上星星与地上泥土间爬着的虫。那里有工夫,即使你有心想亲近你自己?那里有机会,即使你想痛快的一吐?

前几天也不知无形中经过几度④挣扎,才呕出那几口苦水,这在我虽则难受还是照旧,但多少总算是发泄。事后我私下觉着愧悔,因为我不该拿我一己苦闷的骨鲠,强读者们陪着我吞咽。是苦水就不免熏蒸的恶味。我承认这完全是我自私的行为,不敢望恕的。我惟一的⑤解嘲是这几口苦水的确是从我自己的肠胃里呕出——不是去脏水桶里舀来的。我不曾期望同情,我只要朋友们认识我的深浅——(我的浅?)我最怕朋友们的容宠容易形成一种虚拟的期望;我这操刀自剖的一个目的,就在及早解卸我本不该扛上的担负。

是的,我还得往底里按,往更深处剖。

最初我来编辑副刊,我有一个愿心。我想把我自己整个儿交给能容纳我的读者们,我心目中的读者们,说实话,就只这时代的青年。我觉着只有青年们的心窝里有容我的空隙,我要偎着他们的热血,听他们的脉搏。我要在我自己的情感里发见他们的情感,在我自己的思想里反映他们的思想。假如编辑的意义只是选稿,配版,付印,拉稿,那还不如去做银行的伙

名师案语

④挣扎:用力支撑。

⑤解嘲:受人嘲笑时自己找个理由辩解。

名师案语

计——有出息得多。我接受编辑晨副的机会，就为这不单是机械性的一种任务。(感谢《晨报》主人的信任与容忍)，晨副变了我的喇叭，从这管口里我有自由吹弄我古怪的不调谐的音调，它是我的镜子，在这平面上描画出我古怪的不调谐的形状。我也决不掩讳我的原形：我就是我。记得我第一次与读者们相见，就是一篇供状。我的经过，我的深浅，我的偏见，我的希望，我都曾经再三的声明，怕是你们早听厌了。但初起我有一种期望是真的——期望我自己。也不知那时间为什么原因我竟有那活棱棱的一副勇气。我宣言我自己跳进了这现实的世界，存心想来对准人生的面目认他一个仔细。我信我自己的热心(不是知识)多少可以给我一些对敌力量的。我想拼这一天，把我的血肉与灵魂，放进这现实世界的磨盘里去捱，锯齿下去拉，——我就要尝那味儿！只有这样，我想，才可以期望我主办的刊物多少是一个有生命气息的东西；才可以期望在作者与读者间发生一种活的关系；才可以期望读者们觉着这一长条报纸与黑的字印的背后，的确至少有一个活着的人与一个动着的心，他的把握是在你的腕上，他的呼吸吹在你的脸上，他的欢喜，他的惆怅，他的⑥迷惑，他的伤悲，就比是你自己的，的确是从一个可认识的主体上发出来的变化——是站在台上人的姿态，——不是投射在白幕上的虚影。

⑥迷惑：辨不清是非，摸不着头脑。

并且我当初也并不是没有我的信念与理想。有我崇拜的德性，有我信仰的原则。有我爱护的事物，也有我痛疾的事物。往理性的方向走，往爱心与同情的方向走，往光明的方向走，往真的方向走，往健康快乐的方向走，往生命，更多更大更高的生命方向走——这是我那时的一点“赤子之心”。我恨的是这时代的病象，什么都是病象：猜忌，诡诈，小巧，倾轧，挑拨，残杀，互杀，自杀，忧愁，作伪，肮脏。我不是医生，不会治病；我就有一双手，趁它们活灵的时候，我想，或许可以替这时代打开几扇窗，多少让空气流通些，浊的毒性的出去，清醒的洁净的进来。

但紧接着我的狂妄的招摇，我最敬畏的一个前辈（看了我的吊刘叔和文）就给我当头一棒：

> ……既立意来办报而且郑重宣言“决意改变我对人的态度”，那么自己的思想就得先磨冶一番，不能单凭主觉，随便说了就算完事。迎上前去，不要又退了回来！一时的兴奋，是无用的，说话越觉得响亮起劲，跳踯有力，其实即是内心的虚弱，何况说出衰颓懊丧的语气，教一般青年看了，更给他们以可怕的影响，似乎不是志摩这番挺身出马的本意！……

迎上前去，不要又退了回来！这一喝这几个月来就没有一天不在我“虚弱的内心”里回响。实际上自从我喊出“迎上前去”以后，即使不曾撑开了往后退，至少我自己觉不得我的脚步曾经向前挪动。今天我再不能容我自己这梦梦的下去。算清亏欠，在还算得清的时候，总比窝着浑着强。我不能不自剖。冒着“说出衰颓懊丧的语气”的危险，我不能不利用这反省的锋刃，劈去纠着我心身的累赘淤积，或许这来倒有自我真得解放的希望！

想来这做人真是奥妙。我信我们的生活至少是复性的。看得见，觉得着的生活是我们的显明的生活，但同时另有一种生活，跟着知识的开豁逐渐胚胎，成形，活动，最后支配前一种的生活比是我们投在地上的身影，跟着光亮的增加渐渐由模糊化成清晰，形体是不可捉的,但它自有它的奥妙的存在，你动它跟着动，你不动它跟着不动。在实际生活的匆遽中，我们不易辨认另一种无形的生活的并存，正如我们在阴地里不见我们的影子；但到了某时候某境地忽的发见了它，不容否认的踵接着你的脚跟，比如你晚间步月时发见你自己的身影。它是你的性灵的或精神的生活。你觉到你有超实际生活的性灵生活的俄顷，是你一生的一个大关键！你许到极迟才觉悟（有人一辈子不得机会），但你实际生活中的经验，动作，思想，没有一丝一屑不同时在你那跟着长成的性灵生活中留着“对号的存根”，正如你的影子不放过你的一举一动,虽则你不注意到或看不见。

我这时候就比是一个人初次发见他有影子的情形。⑦惊骇,讶异,迷惑,耸悚,猜疑,恍惚同时并起,在这辨认你自身另有一个存在的时候。我这辈子只是在生活的道上盲目的前冲,一时踹入一个泥潭,一时踏折一支草花,只是这无目的的奔驰;从那里来,向那里去,现在在那里,该怎么走,这些根本的问题却从不曾到我的心上。但这时候突然的,恍然的我惊觉了。仿佛是一向跟着我形体奔波的影子忽然阻住了我的前路,责问我这匆匆的究竟是为什么!

一种新意识的诞生。这来我再不能盲冲,我至少得认明来踪与去迹,该怎样走法如其有目的地,该怎样准备如其前程还在遥远?

阿,我何尝愿意吞这果子,早知有这多的麻烦!⑧现在我第一要考查明白的是这“我”究竟是怎么一回事;然后再决定掉落在这生活道上的“我”的赶路方法。以前种种动作是没有这新意识作主宰的;此后,什么都得由它。

名师案语

⑦惊骇:惊慌害怕。骇:惊吓,震惊,害怕。

⑧“现在我第一要考查明白的是‘我’究竟是怎么一回事;然后再决定掉落在这生活道上的‘我’的赶路方法。”此句在文中起着总结性作用,写出了作者对自我的总结和对未来的打算。

名师点金

赏析·启示

徐志摩是追求个性解放的典型，他对于个性束缚最为敏感。《再剖》就是他寻求自我，获得心灵自由的一场庄严而深刻的自由救赎。在那个年代，现实的社会生活与人的自然的性灵相距太远，徐志摩是一个性灵茂盛的人，一个自我意识极浓的人，一个人格尊严不容贬抑的人。他执刀自剖，剖的是自己，更是他置身于其中的那个黑暗的社会。

※学习·拓展

奥古斯丁的《忏悔录》，是一本以祷告自传手法所写的悔改故事，当中描写早期奥古斯丁归信时的内心挣扎及转变经历。奥氏在书中不仅流露出真挚的情感，而且对自己的行动和思想作了非常深刻的分析，文笔细腻生动，别具风格，成为晚期拉丁文学中的代表作，列为古代西方文学名著之一。

“迎上前去”

名师导读

这是一篇作者自我剖析的散文，作者介绍自己是一个理想主义者，作者用了哪些形象的比喻将时代、社会的丑恶和腐朽揭示出来？文中没有华丽的词藻，用最真实、流畅、朴素的语言体现了作者怎样的意志和情感的内核？

这回我不撒谎，不打隐谜，不唱反调，不来①烘托；我要说几句至少我自己信得过的话，我要痛快的招认我自己的虚实，我愿意把我的花押画在这张供状的末尾。

我要求你们大量的容许，准我在我第一天接手晨报副刊的时候，介绍我自己，解释我自己，鼓励我自己。

我相信真的理想主义者是受得住眼看他往常保持着的理想煨成灰，碎成断片，烂成泥，在这灰、这断片、这泥的底里，他再来发现他更伟大、更光明的理想。我就是这样的一个。

只有信生病是荣耀的人们才来不知耻的高声嚷痛；这时候他听着有脚步声，他以为有帮助他的人向着他来，谁知是他自己的灵性离了他去！真有志气的病人，在不能自己豁脱苦痛的时候，宁可死休，不来忍受医药与慈善的侮辱。我又是这样的一个。

我们在这生命里到处碰头失望，连续遭逢“幻灭”，

名师案语

①烘托：泛指陪衬，使主色调明显突出，具体指衬托的意思。

头顶只见乌云，地下满是黑影，同时我们的年岁、病痛、工作、习惯，恶狠狠的压上我们的肩背，一天重似一天，在无形中②嘲讽的呼喝着，“倒，倒，你这不量力的蠢才！”因此你看这满路的倒尸，有全死的，有半死的，有爬着挣扎的，有默无声息的……嘿！生命这十字架，有几个人扛得起来？

但生命还不是顶重的担负，比生命更重实更压得死人的是思想那十字架。人类心灵的历史里能有几个无成的孟贲乌获？在思想可怕的战场上我们就只有数得清有限的几具光荣的尸体。

我不敢非分的自夸；我不够狂，不够妄。我认识我自己力量的止境，但我却不能制止我看了这时候国内思想界萎瘪现象的愤懑与羞恶。我要一把抓住这时代的脑袋，问它要一点真思想的精神给我看看——不是借来的兑来的冒来的描来的东西，不是纸糊的老虎，摇头的③傀儡，蜘蛛网幕面的偶像；我要的是筋骨里迸出来，血液里激出来，性灵里跳出来，生命里震荡出来的真纯的思想。我不来问他要，是我的懦怯；他拿不出来给我看，是他的耻辱。朋友，我要你选定一边，假如你不能站在我的对面，拿出我要的东西来给我看，你就得站在我这一边，帮着我对这时代挑战。

我预料有人笑骂我的大话。是的，大话。我正嫌这年头的话太小了，我们得造一个比小更小的字来形容这年头听着的说话，写下印成的文字；我们得请一个想象力细致如史魏夫脱（Dean Swift）的来描写那些说小话的小口，说尖话的尖嘴。一大群的食蚁兽！他们最大的快乐是忙着他们的尖喙在泥土里垦寻细微的蚂蚁。蚂蚁是吃不完的，同时这可笑的尖嘴却益发不住

名师案语

②嘲讽：嘲弄讥讽，嘲笑讽刺。

③傀儡：比喻受人操纵，不能自立的人或组织。

名师案语

④艳羡：羡，喜爱，羡慕；艳，十分。十分喜爱，十分羡慕。

的向尖的方向进化，小心再隔几代连蚂蚁这食料都显太大了！

我不来谈学问，我不配，我书本的知识是真的十二分的有限。年轻的时候我念过几本极普通的中国书，这几年不但没有知新，温故都说不上，我实在是固陋，但我却抱定孔子的一句名言“知之为知之，不知为不知，是知也”，决不来强不知以为知；我并不看不起国学与研究国学的学者，我十二分尊敬他们，只是这部分的工作我只能④艳羡的看他们去做，我自己恐怕不但今天，竟许这辈子都没希望参加的了。外国书呢？看过的书虽则有几本，但是真说得上“我看过的”能有多少，说多一点，三两篇戏，十来首诗，五六篇文章，不过这样罢了。

科学我是不懂的，我不曾受过正式的训练，最简单的物理化学，都说不明白，我要是不预备就去考中学校，十分里有九分是落第，你信不信！天上我只认识几颗大星，地上几棵大树，这也不是先生教我的；从先生那里学来的，十几年学校教育给我的，究竟有些什么，我实在想不起，说不上，我记得的只是几个教授可笑的嘴脸与课堂里强烈的催眠的空气。

我人事的经验与知识也是同样的有限，我不曾做过工；我不曾尝味过生活的艰难，我不曾打过仗，不曾坐过监，不曾进过什么秘密党，不曾杀过人，不曾做过买卖，发过一个大的财。

所以你看，我只是个极平常的人，没有出人头地的学问，更没有非常的经验。但同时我自信我也有我与人不同的地方。我不曾投降这世界，这不受它的拘束。

我是一只没笼头的野马，我从来不曾站定过。我人是在这社会里活着，我却不是这社会里的一个，像是有

离魂病似的，我这躯壳的动静是一件事，我那梦魂的去处又是一件事。我是一个傻子：我曾经妄想在这流动的生里发现一些不变的价值，在这打谎的世上寻出一些不磨灭的真，在我这灵魂的冒险是生命核心里的意义；我永远在无形的经验的巉岩上爬着。

冒险——痛苦——失败——失望，是跟着来的，存心冒险的人就得打算他最后的失望；但失望却不是绝望，这分别很大。我是曾经遭受失望的打击，我的头是流着血，但我的脖子还是硬的；我不能让绝望的重量压住我的呼吸，不能让悲观的慢性病侵蚀我的精神，更不能让厌世的恶质染黑我的血液。厌世观与生命是不可并存的；我是一个生命的信徒，起初是的，今天还是的，将来我敢说也是的。我决不容忍性灵的颓唐，那是最不可救药的堕落，同时却继续躯壳的存在；在我，单这开口说话，提笔写字的事实，就表示后背有一个基本的信仰，完全的没破绽的信仰；否则我何必再做什么文章，办什么报刊？

但这并不是说我不感受人生遭遇的痛创；我决不是那童呆性的乐观主义者；我决不来指着黑影说这是阳光，指着云雾说这是青天，指着分明的恶说这是善；我并不否认黑影、云雾和恶，我只是不怀疑阳光与青天与善的实在；暂时的掩蔽与侵蚀不能使我们绝望，这正应得加倍的激动我们寻求光明的决心。前几天我觉着异常懊丧的时候无意中翻着尼采的一句话，极简单的几个字却涵有无穷的意义与强悍的力量，正如天上星斗的纵横与山川的经纬，在无声中暗示你人生的奥义，祛除你的⑤迷惘，照亮你的思路，他说“受苦的人没有悲观的权利”（The sufferer has no right to

名师案语

⑤迷惘：由于分辨不清而困惑，不知道该怎么办。

名师案语

pessimism），我那时感受一种异样的惊心，一种异样的彻悟——

我不辞痛苦，因为我要认识你，上帝；
我甘心，甘心在火焰里存身，
到最后那时辰见我的真，
见我的真，我定了主意，上帝，再不不疑！

所以我这次从南边回来，决意改变我对人生的态度，我写信给朋友说这要来认真做一点“人的事业”了——

我再不想成仙，蓬莱不是我的分；
我只要这地面，情愿安分的做人。

⑥“在我这‘决心做人，决心做一点认真的事业’，是一个思想的大转变。”此句在文中起着承上启下的作用，并点出了文中的主旨。

⑥在我这“决心做人，决心做一点认真的事业”，是一个思想的大转变；因为先前我对这人生只是不调和不承认的态度，因此我与这现世界并没有什么相互的关系，我是我，它是它，它不能责备我，我也不来批评它。但这来我决心做人的宣言却就把我放进了一个有关系，负责任的地位，我再不能张着眼睛做梦，从今起得把现实当现实看：我要来察看，我要来检查，我要来清除，我要来颠扑，我要来挑战，我要来破坏。

人生到底是什么？我得先对我自己给一个相当的答案。人生究竟是什么？为什么这形形色色的，纷扰不清的现象——宗教，政治，社会，道德，艺术，男女，经济？我来是来了，可还是一肚子的不明白，我得慢慢的看古玩似的，一件件拿在手里看一个清切再来说话，我不敢保证我的话一定在行，我敢担保的只是我自己思想的忠实；我前面说过我的学识是极浅陋的，但我却并不因此自馁，有时学问是一种束缚，知识是一层障碍，我只要能信得过我能看的眼，能感受的心，我就有我的话说；至于我说的话有没有人听，有没有人懂，那是另外一件事，我管不着了——“有的人身死了才出世的”，谁知道一个人有没有真的出世那一天？

是的，我从今起要迎上前去！生命第一个消息是活动，第二个消息是搏斗，第三个消息是决定；思想也是的，活动的下文就是搏斗。搏斗就包含一个搏斗的对象，许是人，许是问题，许是现象，许是思想本体。一个武士最大的期望是寻着一个相当的敌手，思想家也是的，他也要一个可以较量他充分的力量的对象。“攻击是我的本性。”一个哲学家说，“要与你的对手相当——这是一个正直的决斗的第一个条件。你心存鄙夷的时候你不能搏斗。你占上风，你认定对手无能的时候你不应当搏斗。我的战略可以约成四个原则：——第一，我专打正占胜利的对象——在必要时我暂缓我的攻击，等他胜利了再开手；第二，我专打没有人打的对象，我这边不会有助手，我单独的站定一边——在这搏斗中我难为的只是我自己；第三，我永远不来对人的攻击——在必要时我只拿一个人格当显微镜用，借它来显出某种普遍的，但却隐遁不易踪迹的恶性；第四，我攻击某事物的动机，不包含私人嫌隙的关系，在我攻击是一个善意的，而且在某种情况下，感恩的凭证。”

这位哲学家的战略，我现在僭引作我自己的战略，我盼望我将来不至于在搏斗的沉酣中忽略了预定的规律，万一疏忽时我恳求你们随时提醒。我现在戴我的手套去！

名师点金

赏析·启示

郁达夫曾概括徐志摩的散文特称为"带有自叙传的色彩"。《迎上前去》深入解剖、省察作者的思想灵魂，真切显现坦露作者的性格、思想、信仰，并从失望中振作起来，发出战斗的宣言：决计迎上前去。这篇散文带有一股强烈的情感在奔突，它像一团火在燃烧，也使别人燃烧；这篇文情并茂的散文，不仅阐明了作者的战斗思想，而且宣泄了作家悲郁愤激求索理想的灼热之情。

※学习·拓展

《晨报副刊》是"五四"时期著名的"四大副刊"之一。前身为北京《晨钟报》和《晨报》第七版。《迎上前去》最初发表于此。《晨报副刊》于1925年10月1日由徐志摩接编，写作队伍改由一部分文学研究会作家和后来被称为新月派的作家组成。一部分人多以散漫感伤的笔致写身边琐事，抒发青年知识者的苦闷。

泰戈尔

名师导读

一个六七十岁身体并不强健的老人，不远万里来到中国，他是怀揣着怎样的目的呢？他想将什么带给中国的青年人呢？泰戈尔作为徐志摩心中崇拜的偶像，他对徐志摩产生了怎样的影响呢？

我有几句话想趁这个机会对诸君讲，不知道你们有没有耐心听。泰戈尔先生快走了，在几天内他就离别北京，在一两个星期内他就告辞中国。他这一去大约是不会再来的了。也许他永远不能再到中国。

他是六七十岁的老人，他非但身体不强健，他并且是有病的。去年秋天他还发了一次很重的骨痛热病。所以他要到中国来，不但他的家属，他的亲戚朋友，他的医生，都不愿意他冒险，就是他欧洲的朋友，比如法国的罗曼罗兰，也都有信去劝阻他。他自己也曾经①踌躇了好久，他心里常常盘算他如其到中国来，他究竟能不能够给我们好处，他想中国人自有他们的诗人，思想家，教育家，他们有他们的智慧，天才，心智的财富与营养，他们更用不着外来的补助与②戟刺，我只是一个诗人，我没有宗教家的福音，没有哲学家的理论，更没有科学家实利的效用，或是工程师建设的才能，他们要我去做什么，我自己又为什么要去，我

名师案语

①踌躇：犹豫不定，反复琢磨思量。

②戟刺：指刺激。

有什么礼物带去满足他们的盼望！他真的很觉得迟疑，所以他延迟了他的行期。但是他也对我们说到冬天完了，春风吹动的时候（印度的春风比我们的吹得早），他不由的感觉了一种内迫的冲动，他面对着逐渐滋长的青草与鲜花，不由的抛弃了，忘却了他应尽的职务，不由的解放了他的歌唱的本能，和着新来的鸣雀，在柔软的南风中开怀的③讴吟。同时他收到我们催请的信，我们青年盼望他的诚意与热心，唤起了老人的勇气。他立即定夺了他东来的决心。他说趁我暮年的肢体不曾僵透，趁我衰老的心灵还能感受，决不可错过这最后惟一的机会，这博大，从容，礼让的民族，我幼年时便发心朝拜，与其将来在黄昏寂静的境界中萎衰的惆怅，何如利用这夕阳未暝时的光芒，了却我晋香人的心愿？

他所以决意的东来，他不顾亲友的功阻，医生的警告，不顾自身的高年与病体，他也撇开了在本国迫切的任务，④跋涉了万里的海程，他来到了中国。

自从四月十二在上海登岸以来，可怜老人不曾有过一半天完整的休息，旅行的劳顿不必说，单就公开的演讲以及较小集会时的谈话，至少也有了三四十次！他的，我们知道，不是教授们的讲义，不是教士们的讲道，他的心府不是堆积货品的栈房，他的辞令不是教科书的喇叭。他是灵活的泉水，一颗颗颤动的圆珠从池心里兢兢的泛登水面，都是生命的精液；他是瀑布的吼声，在白云间，青林中，石罅里，不住的啸响；⑤他是百灵的歌声，他的欢欣、愤慨、响亮的谐音，弥漫在无际的晴空。但是他是倦了，终夜的狂歌已经耗尽了子规的精力，东方的曙色亦照出她点点的心血染

名师案语

③讴吟：讴歌，歌颂，赞美。

④跋涉：爬山涉水。形容路程异常艰苦，也可以比喻事业方面的艰辛。

⑤“他是百灵的歌声，他的欢饮、愤慨、响亮的谐音，弥漫在无际的晴空。”此句为比喻句。将泰戈尔比作百灵的歌声。

红了蔷薇枝上的白露。

老人是疲乏了。这几天他睡眠也不得安宁，他已经透支了他有限的精力。他差不多是靠散拿吐瑾过日的，他不由的不感觉风尘的厌倦，他时常想念他少年时在恒河边沿拍浮的清福，他想望椰树的清荫与曼果的甜瓤。

但他还不仅是身体的惫劳，他也感觉心境的不舒畅。这是很不幸的。我们做主人的只是深深的负歉。他这次来华，不为游历，不为政治，更不为私人的利益，他熬着高年，冒着病体，抛弃自身的事业，备尝行旅的辛苦，⑥他究竟为的是什么？他为的只是一点看不见的情感。说远一点，他的使命是在修补中国与印度两民族间中断千余年的桥梁，说近一点，他只想感召我们青年真挚的同情。因为他是信仰生命的，他是尊崇青年的，他是歌颂青春与清晨的，他永远指点着前途的光明。悲悯是当初释迦牟尼证果的动机，悲悯也是泰戈尔先生不辞艰苦的动机。现代的文明只是骇人的浪费，贪淫与残暴，自私与自大，相猜与相忌，飓风似的倾覆了人道的平衡，产生了巨大的毁灭。芜秽的心田里只是误解的蔓草，毒害同情的种子，更没有收成的希冀。在这个荒惨的境地里，难得有少数的丈夫，不怕阻难，不自馁怯，肩上抗着铲除误解的大锄，口袋里满装着新鲜人道的种子，不问天时是阴是雨是晴，不问是早晨是黄昏是黑夜，他只是努力的工作，清理一方泥土，施殖一方生命，同时口唱着嘹亮的新歌，鼓舞在黑暗中将次透露的萌芽，泰戈尔先生就是这少数中的一个。他是来广布同情的，他是来消除成见的。我们亲眼见过他慈祥的阳春似的表情，亲耳听过他从心灵底里迸裂出的大声，我想只要我们的良心不曾受恶毒的烟煤熏黑，或是被恶浊的

名师案语

⑥“他究竟为的是什么？他为的只是一点看不见的情感。”此句采用了设问的修辞手法，能够引起读者的注意。

偏见污抹，谁不曾感觉他至诚的力量，魔术似的，为我们生命的前途开辟了一个神奇的境界，燃点了理想的光明？所以我们也懂得他的深刻的懊怅与失望，如其他知道部分的青年不但不能容纳他的灵感，并且成心的诬毁他的热忱。我们固然奖励思想的独立，但我们决不敢附和误解的自由。他生平最满意的成绩就在他永远能得青年的同情，不论在德国，在丹麦，在美国，在日本，青年永远是他最忠心的朋友。他也曾经遭受种种的误解与攻击，政府的猜疑与报纸的诬毁与守旧派的讥评，不论如何的谬妄与剧烈，从不曾扰动他优容的大量，他的希望，他的信仰，他的爱心，他的至诚，完全的托付青年。我的须，我的发是白的，但我的心却永远是青的，他常常的对我们说，只要青年是我的知己，我理想的将来就有著落，我乐观的明灯永远不致暗淡。他不能相信纯洁的青年也会坠落在怀疑，猜忌，卑琐的泥溷。他更不能信中国遭受意外的待遇。他很不自在，他很感觉异样的怆心。

因此精神的懊丧更加重他躯体的倦劳。他差不多是病了。我们当然很焦急的期望他的健康，但他再没有心境继续他的讲演。我们恐怕今天就是他在北京公开讲演最后的一个机会。他有休养的必要。我们也决不忍再使他耗费他有限的精力。他不久又有长途的跋涉，他不能不有三四天完全的养息，所以从今天起，所有已经约定的会集，公开与私人的，一概撤销，他今天就出城去静养。

我们关切他的一定可以原谅，就是一小部分不愿意他来作客的诸君也可以自喜战略的成功。他是病了，他在北京不再开口了，他快走了，他从此不再来了。但是同学们，我们也得平心的想想，老人到底有什么罪，他有什么负心，他有什么不可容赦的犯案？公道是死了吗，为什么听不见你的声音？

他们说他是守旧，说他是顽固。我们能相信吗？他们说他是“太迟”，说他是“不合时宜”，我们能相信吗？他自己是不能信，真的不能信。他说这一定是滑稽家的反调。他一生所遭逢的批评只是太新，太早，太急进，太激烈，太革命的，太理想的，他六十年的生涯只是不断的奋斗与冲锋，他现在还只是冲锋与奋斗。但是他们说他是守旧，太迟，太老。他顽固奋斗的对象只是暴烈主义，资本主义，帝国主义，武力主义，杀灭性灵的物质主义；他主张的只是创造的生活，心灵的自由，国际的和平，教育的改造，普爱的实现。但他们说他是帝国政策的间谍，资本主义的助力，亡国奴族的流民，提倡裹脚的狂人！肮脏是在我们的政客与暴徒的心里，与我们的诗人又有什么关连？昏乱是在我们冒名的学者与文人的脑里，与我们的诗人又有什么亲属？我们何妨说太阳是黑的，我们何妨说苍蝇是真理？同学们，听信我的话，像他的这样伟大的声音我们也许一辈子再不会听着的了。留神目前的机会，预防将来的惆怅！他的人格我们只能到历史上去搜寻比拟。他的博大的温柔的灵魂我敢说永远是人类记忆里的一次灵迹。他的无边际的想象是辽阔的同情使我们想起惠德曼；他的博爱的福音与宣传的热心使我们记起托尔斯泰；他的坚韧的意志与艺术的天才使我们想起造摩西像的密佗郎其罗；他的诙谐与智慧使我们想象当年的苏格拉底与老聃；他的人格的和谐与优美使我们想念暮年的葛德；他的慈祥的纯爱的抚摩，他的为人道不厌的努力，他的磅礴的大声，有时竟使我们唤起救主的心像；他的光彩，他的音乐，他的雄伟，使我们想念奥林必克山顶的大神。他是不可侵凌的，不可逾越的，他是自然界的一个神秘的现象。他是三春和暖的南风，惊醒树枝上的新芽，增添处女颊上的红晕。他是普照的阳光。他是一派浩瀚的大水，来自不可追寻的渊源，在大地的怀抱中终古的流着，不息的流着，我们只是两岸的居民，凭借这慈恩的天赋，灌溉我们的田稻，苏解我们的消渴，洗净我们的污垢。他是喜马拉雅积雪的山峰，一般的崇高，一般的纯洁，一般的壮丽，一般的高傲，只有无限的青天枕藉他银白的头颅。

人格是一个不可错误的实在，荒歉是一件大事，但我们是饿惯了的，只认鸠形与鹄面是人生本来的面目，永远忘却了真健康的颜色与彩泽。标准的低降是一种可耻的堕落；我们只是踞坐在井底的青蛙，但我们更没有怀疑的余地。我们也许揣详东方的初白，却不能非议中天的太阳。我们也许见惯了阴霾的天时，不耐这热烈的光焰，消散天空的云雾，暴露地面的荒芜，但同时在我们心灵的深处，我们岂不也感觉一个新鲜的影响，催促我们生命的跳动，唤醒潜在的想望，仿佛是武士望见了前峰烽烟的信号，更不踌躇的奋勇向前？只有接近了这样超轶的纯粹的丈夫，这样不可错误的实在，我们方始相形的自愧我们的口不够阔大，我们的嗓音不够响亮，我们的呼吸不够深长，我们的信仰不够坚定，我们的理想不够莹澈，我们的自由不够磅礴，我们的语言不够明白，我们的情感不够热烈，我们的努力不够勇猛，我们的资本不够充实……

我自信我不是恣滥不切事理的崇拜，我如其曾经应用浓烈的文字，这是因为我不能自制我浓烈的感想。但是我最急切要声明的是，我们的诗人，虽则常常招受神秘的徽号，在事实上却是最清明，最有趣，最诙谐，最不神秘的生灵。他是最通达人情，最近人情的。我盼望有机会追写他日常的生活与谈话。如其我是犯嫌疑的，如其我也是性近神秘的（有好多朋友这么说），你们还有适之先生的见证，他也说他是最可爱最可亲的个人：我们可以相信适之先生绝对没有“性近神秘”的嫌疑！所以无论他怎样的伟大与深厚，我们的诗人还只是有骨有血的人，不是野人，也不是天神。惟其是人，尤其是最富情感的人，所以他到处要求人道的温暖与安慰，他尤其要我们中国青年的同情与情爱。他已经为我们尽了责任，我们不应，更不忍辜负他的的期望。同学们，爱你的爱，崇拜你的崇拜，是人情不是罪孽，是勇敢不是懦怯。

名师点金

赏析·启示

徐志摩的《泰戈尔》是在泰戈尔访华之后而作。文中对泰戈尔给予了高度的评价，无论就其艺术、写作以及精神。文中就泰戈尔此次访华对中国青年成长的帮助作用做了细致的评价，泰戈尔在中国建立的关系，已远远超过了个人之间的点滴友谊，这个关系是两国的灵魂汇合成的一个整体。

※学习·拓展

泰戈尔 1861–1941，印度诗人、哲学家和印度民族主义者，生于加尔各答市一个有深厚文化教养的贵族家庭。1913 年他成为第一位获得诺贝尔文学奖的亚洲人。他的诗中含有深刻的宗教和哲学的见解。他一贯强调中印两国人民团结友好合作的必要性，周总理在回忆时说："泰戈尔是对世界文学作出卓越贡献的天才诗人"，他熏陶了一批中国最有才华的诗人和作家。代表作有《吉檀迦利》《飞鸟集》。

罗曼罗兰

名师导读

徐志摩曾把罗曼罗兰或托尔斯泰比作一条大河，那样波澜、曲折、气象。可见徐志摩从这位法国优秀的音乐评论家罗曼罗兰的写作上受到了深刻地影响。罗兰先生怎样的思想影响着作者呢？你能从文中找出罗兰先生思想的核心吗？

罗曼罗兰(Romain Rolland),这个美丽的音乐的名字,究竟代表些什么？他为什么值得国际的敬仰,他的生日为什么值得国际的庆祝？他的名字,在我们多少知道他的几个人的心里,唤起些个什么？他是否值得我们已经认识他思想与景仰他人格的更亲切的认识他,更亲切的景仰他;从不曾接近他的赶快从他的作品里去接近他？

①一个伟大的作者如罗曼罗兰或托尔斯泰，正是一条大河,它那波澜,它那曲折,它那气象,随处不同,我们不能划出它的一湾一角来代表它那全流。我们有幸在书本上结识他们的正比是尼罗河或扬子江沿岸的泥坷，各按我们的受量分沾他们的润泽的恩惠罢了。说起这两位作者——托尔斯泰与罗曼罗兰:他们灵感的泉源是同一的,他们的使命是同一的,他们在精神上有相互的②默契(详后),仿佛上天从不教他的灵光在世上完全灭迹,所以在这普遍的混沌与黑暗的

名师案语

①“一个伟大的作者如罗曼罗兰或托尔斯泰,正是一条大河。”此句为比喻句,将伟大的作家罗曼罗兰或托尔斯泰比作大河。

②默契:有心有灵犀的意思。

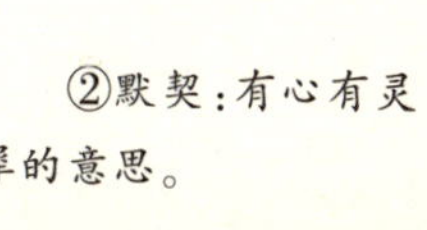

名师案语

③"在这无形的精神价值的战场上，罗兰永远是一个不仆的英雄。"此句是对罗曼罗兰的总体评价。

世界内往往有这类禀承灵智的大天才在我们中间指点迷途，启示光明。但他们也自有他们不同的地方；如其我们还是引申上面这个比喻，托尔斯泰、罗曼罗兰的前人，就更像是尼罗河的流域，它那两岸是浩瀚的沙碛，古埃及的墓宫，三角金字塔的映影，高矗的棕榈类的林木，间或有帐幕的游行队，天顶永远有异样的明星；罗曼罗兰、托尔斯泰的后人，像是扬子江的流域，更近人间，更近人情的大河，它那两岸是青绿的桑麻，是连栉的房屋，在波鳞里泅着的是鱼是虾，不是长牙齿的鳄鱼，岸边听得见的也不是神秘的驼铃，是随熟的鸡犬声。这也许是斯拉夫与拉丁民族各有的异禀，在这两位大师的身上得到更集中的表现，但他们润泽这苦旱的人间的使命是一致的。

十五年前一个下午，在巴黎的大街上，有一个穿马路的叫汽车给碰了，差一点没有死，他就是罗曼罗兰。那天他要是死了，巴黎也不会怎样的注意，至多报纸上本地新闻栏里登一条小字："汽车肇祸，撞死一个走路的，叫罗曼罗兰，年四十五岁，在大学里当过音乐史教授，曾经办过一种不出名的杂志叫 *Cahiers de la Ouinzaine*(《半月丛刊》)的。"

但罗兰不死，他不能死；他还得完成他分定的使命。在欧战爆裂的那一年，罗兰的天才，五十年来在无名的黑暗里埋着的，忽然取得了普遍的认识。从此他不仅是全欧心智与精神的领袖，他也是全世界一个灵感的泉源。他的声音仿佛是最高峰上的崩雪，回响在远近的万壑间。五年的大战毁了无数的生命与文化的成绩，但毁不了的是人类几个基本的信念与理想，③在这无形的精神价值的战场上，罗兰永远是一个不仆的英雄。

对着在恶斗的旋涡里挣扎着的全欧，罗兰喊一声彼此是弟兄放手！对着蜘网似密布，疫疠似蔓延的怨恨，仇毒，虚妄，疯癫，罗兰集中他孤独的理智与情感的力量作战。对着普遍破坏的现象，罗兰伸出他单独的臂膀开始组织人道势力。对着叫褊浅的国家主义与恶毒的报复本能迷惑住的知识阶级，他大声的唤醒他们应负的责任，要他们恢复思想的独立，④救济盲目的群众，“在战场的空中”——“*Above the Battle Field*”——不是在战场上，在各民族共同的天空，不是在一国的领土内，我们听得罗兰的呼声，也就是人道的呼声，像一阵光明的骤雨，激斗着地面上互杀的烈焰。罗兰的作战是有结果的，他联合了国际间自由的心灵，替未来的和平筑一层有力的基础。这是他自己的话：——

我们从战争得到一个付重价的利益，它替我们联合了各民族中不甘受流行的种族怨毒支配的心灵。这次的教训益发激励他们的精力，强固他们的意志。谁说人类友爱是一个绝望的理想？我再不怀疑未来的全欧一致的结合。我们不久可以实现那精神的统一。这战争只是它的热血的洗礼。

这是罗兰，勇敢的人道的战士！当全国的刀锋一致向着德人的时候，他敢说不，真正的敌人是你们自己心怀里的仇毒。当全欧破碎成不可收拾的断片时，他想象到人类更完美的精神的统一。友爱与同情，他相信，永远是打倒仇恨与怨毒的利器；他永远不怀疑他的理想是最后的胜利者，在他的前面有托尔斯泰与道施滔奄夫斯基（虽则思想的形式不同），他同时有泰戈尔与甘地（他们的思想的形式也不同），他们的立场是在高山的顶上，他们的视域在时间上是历史的全

名师案语

④救济：用金钱或物资帮助生活困难的人。

部，在空间里是人类的全体，他们的声音是天空里的雷震，他们的赠与是精神的慰安，我们都是牢狱里的囚犯，镣铐压住的，铁栏锢住的，难得有一丝雪亮暖和的阳光照上我们黝黑的脸面，难得有喜雀过路的欢声清醒我们昏沉的头脑。"重浊"，罗兰开始他的《贝德花芬传》：

重浊是我们周围的空气，这世界是叫一种凝厚的⑤污浊的秽息给闷住了……一种卑琐的物质压在我们的心里，压在我们的头上，叫所有民族与个人失却了自由工作的机会。我们会让掐住了转不过气来。来，让我们打开窗子好叫天空自由的空气进来，好叫我们呼吸古英雄们的呼吸。

⑥打破固执的偏见来认识精神的统一；打破国界的偏见来认识人道的统一。这是罗兰与他同理想者的教训。解脱怨毒的束缚来实现思想的自由；反抗时代的压迫来恢复性灵的尊严。这是罗兰与他同理想者的教训。人生原是与苦俱来的；我们来做人的名分不是咒诅人生因为它给我们苦痛，我们正应在苦痛中学习，修养，觉悟，在苦痛中发现我们内蕴的宝藏，在苦痛中领会人生的真谛。英雄，罗兰最崇拜如密佐朗其罗与贝德花芬一类人道的英雄，不是别的，只是伟大的耐苦者，那些不朽的艺术家，谁不曾在苦痛中实现生命，实现艺术，实现宗教，实现一切的奥义？自己是个深感苦痛者，他推致他的同情给世上所有的受苦痛者；在他这受苦，这耐苦，是一种伟大，比事业的伟大更深沉的伟大。他要寻求的是地面上感悲哀感孤独的灵魂。

人生是艰难的，谁不甘愿承受庸俗，他这辈子就

名师案语

⑤污浊：指腐朽没落的东西。

⑥"打破固执的偏见来认识精神的统一；打破国界的偏见来认识人道的统一。这是罗兰与他同理想者的教训。解脱怨毒的束缚来实现思想的自由；反抗时代的压迫来恢复性灵的尊严。这是罗兰与他同理想者的教训。"此句是文中的主题句，点出罗兰的精神核心。

得不断的奋斗。并且这往往是苦痛的奋斗，没有光彩没有幸福，独自在孤单与沉默中挣扎，穷困压着你，家累累着你，无意味的沉闷的工作消耗你的精力，没有欢欣，没有希冀，没有同伴，你在这黑暗的道上甚至连一个在不幸中伸手给你的骨肉的机会都没有。

这受苦的概念便是罗兰人生哲学的起点，在这上面他要筑起一座强固的人道寓所，因此在他有名的传记里他用力传述先贤的苦难生涯，使我们憬悟至少在我们的苦痛里，我们不是孤独的，在我们切己的苦痛里隐藏着人道的消息与线索。

不快活的朋友们，不要过分的自伤，因为最伟大的人们也曾分尝你们的苦味，我们正应得跟着他们的努奋自勉。假如我们觉得软弱，让我们靠着他们喘息，他们有安慰给我们，从他们的精神里放射着精力与仁慈。即使我们不研究他们的作品，即使我们听不到他们的声音，单从他们面上的光彩，单从他们曾经生活过的事实里，我们应得感悟到生命最伟大，最生产——甚至最快乐——的时候是在受苦痛的时候。

我们不知道罗曼罗兰先生想象中的新中国是怎样的；我们不知道为什么他特别示意要听他的思想在新中国的回响，但如其他能知道新中国像我们自己知道它一样，他一定感觉与我们更密切的同情，更贴近的关系，也一定更急急的伸手给我们握着——因为你们知道，我也知道，什么是新中国只是新发现的深沉的悲哀与苦痛深深的盘伏在人生的底里！这也许是我个人对新中国的解释；但如其有人拿一些时行的口号，什么打倒帝国主义等等，或是分裂与猜忌的现象，去报告罗兰先生说这是新中国，我再也不能预料他的感想了。

我已经没有时间与地位叙述罗兰的生平与著述；我只能匆匆的略说梗概。他是一个音乐的天才，在幼年音乐便是他的生命。他妈教他琴，在谐音的波动中他的童心便发现了不可言喻的快乐。莫察德[⑤]与贝德花芬是他最早发现的英雄。所以在法国经受普鲁士战争爱国主义最高昂的时候，这位年轻的圣人正在“敌人”的作品中尝味最高的艺术。他的自传里写着：

我们家里有好多旧的德国音乐书。德国？我懂得那个字的意义？在我们这一带我相信德国人从没有人见过的。我翻着那一堆旧书，爬在琴上拼出一个个的音符。这些流动的乐音，谐调的细流，灌溉着我的童心，像雨水漫入泥土似的淹了进去。莫察德与贝德花芬的快乐与苦痛，想望的幻梦，渐渐的变成了我的肉的肉，我的骨的骨，我是它们，它们是我。要没有它们我怎过得了我的日子？我小时生病危殆的时候，莫察德的一个调子就像爱人似的贴近我的枕衾看着我。长大的时候，每回逢着怀疑与懊丧，贝德芬的音乐又在我的心里拨旺了永久生命的火星。每回我精神疲倦了，或是心上有不如意事，我就找我的琴去，在音乐中洗净我的烦愁。

要认识罗兰的不仅应得读他神光焕发的传记，还得读他十卷的 *Jean Christo phe*（《约翰·克利斯朵夫》），在这书里他描写他的音乐的经验。

他在学堂里结识了莎士比亚，发现了诗与戏剧的神奇。他的哲学的灵感，与歌德一样，是泛神主义的斯宾诺塞。他早年的朋友是近代法国三大诗人：克洛岱尔（Paul Claudel，法国驻日大使），Ande Suares，与 Charles Peguy（后来与他同办 *Cahiers de al Quinzaine*）。那时槐格纳是压倒一时的天才，也是罗兰与他少年朋友们的英雄。但在他个人更重要的一个影响是托尔斯泰。他早就读他的著作，十分的爱慕他，后来他念了他的《艺术论》，那只俄国的老象——用一个偷来的比喻——走进了艺术的花园里去，左一脚踩倒了一盆花，那是莎士比亚，右一脚又踩倒了一盆花，那是贝德花芬，这时候少年的罗曼罗兰走到了他的思想的歧路了。莎氏、贝氏、托氏，同是他的英雄，但托氏愤愤的申斥莎、贝一流的作者，说他们的艺术都是要不得，不相干的，不是真的人道的艺术——他早年的自己也是要不得不相干的。在罗兰一个热烈的寻求真理者，这来就好似晴天里一个霹雳；他再也忍不住他的疑虑。他写了一封信给托尔斯泰，陈述他的冲突心理，他那年二十二岁，过了几个星期罗兰差不多把那信都忘了，一天忽然接到一封邮件：三十八满页写的一封长信，伟大的托尔斯泰亲笔给这不知名的法国少年写的！“亲爱的兄弟，”那六十老人称呼他，“我接到你的第一封信，我深深的受感在心。我念你的信，泪水在我的眼里。”下面说他艺术的见解：

我们投入人生的动机不应是为艺术的爱，而应是为人类的爱，只有经受这

样灵感的人才可以希望在他的一生实现一些值得一做的事业。

这还是他的老话，但少年的罗兰受深切感动的地方是在这一时代的圣人竟然这样恳切的同情他，安慰他，指示他，一个无名的异邦人，他那时的感奋我们可以约略想象。因此罗兰这几十年来每逢少年人有信给他，他没有不亲笔作复，用一样慈爱诚挚的心对待他的后辈。这来受他的灵感的少年人更不知多少了。这是一件含奖励性的事实，我们从此可以知道凡是一件不勉强的善事就比如春天的薰风，它一路来散布着生命的种子，唤醒活泼的世界。

但罗兰那时离着成名的日子还远，虽则他从幼年起只是不懈的努力。他还得经受身世的失望（他的结婚是不幸的，近三十年来他几于是完全隐士的生涯，他现在瑞士的鲁山，听说与他妹子同居），种种精神的苦痛，才能享受他的劳力的报酬——他的天才的认识与接受。他写了十二部长篇剧本，三部最著名的传记（密仡朗其罗，贝德芬，托尔斯泰），十大篇 *Jean Christophe*，算是这时代里最重要的作品的一部，还有他与他的朋友办了十五年灰色的杂志，但他的名字还是在晦塞的炭堆里掩着——直到他将近五十岁那年，这世界方才开始惊讶他的异彩。贝德花芬有几句话，我想可以一样适用到一生劳悴不怠的罗兰身上：

我没有朋友，我必得单独过活；但是我知道在我心灵的底里上帝是近着我，比别人更近，我走近他我心里不害怕，我一向认识他的。我从不着急我自己的音乐，那不是坏运所能颠扑的，谁要能懂得它，它就有力量使他解除磨折旁人的苦恼。

名师点金

赏析·启示

徐志摩在《罗曼罗兰》中这样写到："一个伟大的作家如罗曼罗兰或托尔斯泰，正是一条大河，它那波澜，它那曲折，它那气象，随处不同，我们不能划出它的一湾一角来代表它那全流"。正是徐志摩受到罗曼罗兰批判现实主义的深刻影响，才有了他散文上的形散而神不散的"跑野马"似的散文，徐志摩强调不能仅凭几首诗来代表一个诗人的全部，也不能用模式化、定式化的评论来形容一个诗人的全部。

※学习·拓展

罗曼·罗兰，1866-1944，生于法国克拉姆西。法国思想家、文学家，批判现实主义作家，音乐评论家和社会活动家。他一生为争取人类自由、民主与光明进行不屈的斗争，是20世纪上半叶法国著名的人道主义作家。他的小说特点被人们归纳为"用音乐写小说"，也是传记文学的创始人。他真诚地相信艺术应该描绘真实的情感，传达出使人变得高贵的道德感，呼吁自由和人类精神的尊严。

再说一说曼殊斐儿

《再说一说曼殊斐儿》是继诗歌《曼殊斐儿》之后的一篇对曼斯菲尔德简要分析的文章。作者用散文的形式将曼斯菲尔德引介给中国的读者。在徐志摩看来，曼斯菲尔德是他心中唯美主义的艺术女神。你是否也感受到了曼斯菲尔德作为美的化身？在文中所探讨的关于男女关系的认识问题你是否赞同呢？

我翻译这篇矮矮的短篇，还得下注解。现在什么事都得下注解。有时注解愈下，本文愈糊涂，可是注解还得下。这是一个下注解的时代，谁都得学时髦。要不然我们那儿来的这么多文章。

男人与女人永远是对头，永远是不讲和不停战的死冤家。没有拜天地——我应当说结婚，拜天地听得太旧，也太浪漫——以前，双方对打的子弹，就化上不少，真不少，双方的战略也用尽了，照例是你躲我追，我躲你追，但有时也有翻花样的，有的学诸葛亮用兵，以攻为守，有的学甲鱼赛跑，越慢越牢靠：这还只是一篇长序，正文没有来哪，虽则正文不定比序文有趣。坐床撒帐——我应当说交换戒指，度蜜月，我说话真是太古气——以后就是濠沟战争，那年分可长了，彼此是望得见的，抓可还是抓不到，你干着急也没有用，谁都盼望总攻击时的那一阵的浓味儿，出了性拼命时有神仙似的快乐，但谁都摸不准总司令先生的脾胃，大家等着那一天，那一天可偏是慢吞吞的不到。

宕着，悬着，挂着。永不生根，什么事都是的。像我们的地球一样，滚是滚着，可没有进步。男的与女的：好像是最亲密不过，最亲热不过，最亲昵不过的两口子不是？可是事情没有这样简单：他们中间隔着的道儿正长着哩！你是站在纽约五十八层的高楼上望着，她在吴淞炮台湾那里瞭着；你们的镜头永远对不准。

不准才有意思，才是意思。愈看不准，你愈要想对，愈幌着镜子对，愈没有准儿，可是这里面就是生活，悲剧，趣剧，哈哈，眼泪，文学，艺术，人生观，大学教授，京报副刊，全是这一个网里捞出来的鱼。

我说的话，你摸不清理路不是？原要你摸不清，谁要你摸得清？你摸得清，就没有我的落儿！

十九世纪出了一个圣人。他现在还活着。圣人！谁是圣人，什么是圣人？不忙，我记得口袋里有的是定义让我看看。“圣人就是他”——这外国句法不成，你须得轮过头来。“谁要能说一句话或是一篇话，只要他那话里有一部分人想得到可是说不上的道理，他就是圣人。”“我未见好德如好色者也，”那是我们的孔二爷。这话说的顶平常，顶不出奇，谁都懂得，谁都点头儿说对。好比你说猫鼻子没有狗鼻子长，顶对。这就是圣。圣人的话永远是平常的，一出奇他也许是一个吴稚晖，或是谁，那也不坏，可就不是圣人。

可是我说的现代的圣人又是谁？他有两个名字：在外国叫勃那萧，在中国叫萧伯纳。他为什么是圣人？他写了一本戏，谁都知道的叫做“人与超人”。一篇顶长、顶繁、顶啰嗦的戏，前面还装着一篇一样长、繁、啰嗦的长序。但是他说的就是一句话，证明的就是一句话；这话就是——凡是男与女发生关系时，女的永远是追的那个，男的永远是躲的那个。这话可没有我们孔二爷的老实。不错，分别是有，东洋圣人与西洋圣人，道理同是一个，看法说法，各各不同，我们孔二爷是戴着平天冠，捧着白玉圭，头顶朝着天，脚跟踏着地，眼睛看着鼻子，鼻子顾着胡子，大胡子挂在心坎儿上，条缕分明的轻易不得吹糊；他们的萧伯纳是满脸长着细白毛，像是龙井茶的毛尖，他自己说是叫齦过的草地，他的站法顶别致，他的不是A字式的站法，他的是Y字式的站法，他不叫他的腿站在地上，那太平常不出奇，他叫他的脑袋支着地，有时一双手都不去帮忙，两条腿直挺挺的开着顶对天花板，就是难为他的颈根酸了一点，他这三四十年来就是玩着这把戏——一块朝天马蹄铁的思想家，一个

名师案语

①猖獗：失败、倾覆。

"拿大顶"的圣人。这分别你就看出来了不是？用腿的站得住（那也不容易有人到几十岁还闪交哪），用头的也站住了，也许萧先生比孔先生觉着累了一点，可是他的好看多了；这一来他们的说话的道儿就不同，一是顺着来的，一是反着来的，反正他们一样说得回老家就是——真理是他们的老家。

孔二爷理想中的社会是拿几条粗得怕人的大绳子拴得稳稳的社会，尤其是男与女的中间放着一座掀不动钻不透的"大防"。孔二爷看事情真不含糊，黄就是黄，青就是青，男就是男，女就是女，干脆，男女是危险的。你简直的得想法子，要不然就出乱子。你得防着他们，真的你得防着他们，把野兽装进了铁笼子，随他多凶猛也得屈伏。别的不必说就是公公媳妇大伯弟妇都得要防：哥哥妹妹弟弟姊姊都得要防：六岁以上就不准他们同桌子吃饭。夫妇也不准过分的亲近：老爷进了房太太来了一个客人。家里来了外人，太太爱张张也得躲到屏风背后去。这一来不但女子没法子找男子，就是男子也不得机会去找女子了，结果防范愈严，危险愈大；所以每回一闹乱子我们就益发的佩服孔二爷见解高明，不错，这野兽其实是太不讲理，太①猖獗，只有用粗索子去拴住他，拿铁笼子去关住他。我们从不反过头来想想——假如把所有的绳子全放宽了，把一切的笼子全打开了，看这一大群的野畜生又打什么主意。

萧伯纳的回答说不碍，随你放得怎样宽，人类总是不会灭的，废弃了一切人为的法律，我们还得遵守天然的法律；逃避了一切人群的势力，我们还是躲不了生命的势力（Life force）。男人着忙的去找女人，或是女人着忙的去带住一个男人；这就是潜在的生命的势力活动

的证据。男人的事务是去寻饭吃,女人的事务是生殖;男人的作用是经济的,女人的作用是生物的。女人天生有极强极牢固的母性;她为要完成她的天职,她就(也许不觉得的)想望,生活的固定,顶要紧是一个家。但是男人却往往怕难,自己寻食吃已经够难,替一家寻食吃当然更是麻烦;他有时还存心躲懒;实际上他怕的是一个永久固定的家。还有一个理由为什么女人比男人更着急,那是因为女性美是不久长的,她的引诱力是暂时而且有限的,所以她得赶紧;一个女儿过了三十岁还不出嫁父母就急,连亲戚都替担忧。其实她自己何尝不急,只是在老社会情况底下她没有机会表示意志就是。她急的缘故也不完全是为要得男人的爱,她着急是为要完成她的职务,为要满足她的母性。所以萧伯纳是不错的,他说在一个选择自由的社会里男女间有关系发生时,女的往往是追的那个,男的倒反是躲的那个。王尔德说男子总不愿意结婚除非他是厌倦了,女子结婚为的是好奇。这话至少一半是对的;平常一个有志气爱自由的男子那肯轻易去冒终身企业的危险,去担负养活一个家的仔肩?反面说女人倒是常常在心里打算的(她们很少肯认帐,竟许也有自己不感觉到的,但实际却有这种情形),打算她身世的寄托,打算她将来的家,打算亲手替她亲生子打小鞋做小袜子。并不是女子的②羞耻,这正是她的③荣耀。这是她对人道的义务。要是有一天理性的发展竟然消灭了这点子本性,人类种族的生产与生存也就成了问题了。我们不盼望有那一天,虽则我们看了"理性的"或是"智理的"的女人一天一天增加数目,有远虑的就多少不免担忧。

名师案语

②羞耻:羞愧耻辱。

③荣耀:应得或能够赢得崇高称誉,光荣;光彩或赞赏的习性。

名师案语

曼殊斐儿是个心理的写实家，她不仅写实，她简直是写真。你要是肯下相当工夫去读懂她的作品，你才相信她是天才是无可疑的；她至少是二十世纪最重要的作者的一个。她的字一个个都是活的，一个个都是有意义的，在她最精粹的作品里我们简直不能增也不能减更不能改动她一个字；随它怎样奥妙的细微的曲折的，有时候刻薄的心理她都有恰好的法子来表现；她手里擒住的不是一个个的字，是人的心灵变化的真实，一点也不错了。法国一个画家叫台迦（Degas）能捉住电光下舞女银色衣裳急旋时的色彩与情调；曼殊斐儿就能分析出电光似急射飞跳的神经作用；她的艺术（仿佛是高尔斯华绥说的），是在时间与空间的缝道里下工夫。她的方法不是用镜子反映，不用笔④白描，更不是从容幻想，她分明是伸出两个不容情的指头到人的脑筋里去生生的捉住成形不露面的思想的影子，逼着他们现原形！短篇小说到了她的手里，像柴霍甫（她惟一的老师）的手里，才是纯粹的美术（不止是艺术）；她斫成的玉是不仅没有疤斑，不玷土灰，她的都是成品的。最高的艺术是形式与本质（form and substance）化成一体再也分不开的妙制；我们看曼殊斐儿的小说就分不清那里是式，那里是质，我们所得的只是一个印象，一个真的、美的印象，仿佛是在冷静的溪水里看横斜的梅花的影子，清切、神妙美。

④白描：指中国画中完全用线条来表现物象的画法。。

这篇“夜深时”并不是她最高的作品，但我们多少可以领略她那特别的意味。她写的一段心理是很普通很不出奇的；一个快上年纪的独身女子着急要找一个男人；她看上了一个，她写信给他，送袜子给他；碰了一个冷钉子；这回晚上独自坐在火炉前⑤冥想；羞，恨，

⑤冥想：是一种改变意识的形式，它通过获得深度的宁静状态而增强自我知识和良好状态。。

怨，自怜，急，自慰，悻，自伤；想丢，丢不下；想抛，抛不了；结果爬上床去蒙紧被窝淌眼泪哭。她是谁，我们不必问，我们只知道她是一个近人情的女子；她在白天做什么事，明天早起说什么话，我们也全不必管，我们有特权窃听的就是她今夜上单个儿坐在渐灭的炉火前的一番心境，一段自诉。她并不会说出口，但我们仿佛亲耳听着她说话，一个字也不含糊。也许有人说损，这一挖苦女人太厉害了，但我们应得问的是她写的真不真，只要真就满足了艺术的条件，损不损是另外一件事。

⑥乘便我们在这篇里也可以看出萧伯纳的"女追男躲"说的一个解释。这当然也可以当作佛洛依德心理学的注解者，但我觉得陪衬"萧"更有趣些，所以南天北海的胡扯了这一长篇，告罪告罪！

名师案语

⑥"乘便我们在这篇里也可以看出萧伯纳的'女追男躲'说的一个解释。"此句在文中与前文对照。起着总结说明的作用。

名师点金

赏析・启示

徐志摩曾在曼斯菲尔德逝世后过了《哀曼殊斐儿》一诗，寄托自己对曼斯菲尔德的哀思。又在1925年写了《再说一说曼殊斐儿》一文，称曼斯菲尔德是20世纪最重要的作家之一。徐志摩还称赞她的艺术是在时间和空间的缝道里下工夫，她的方法不是用镜子反映，也不是用笔白描，而是伸出两个不容情的指头到别人的脑筋里去生生地捕捉思想的影子。这些足以看出作者对曼斯菲尔德深深地赞颂之情。同时这也是作者写此文的缘故。

※学习·拓展

萧伯纳(1856–1950)爱尔兰剧作家,1925 年获得诺贝尔文学奖,是英国现代杰出的现实主义戏剧作家,他因擅长幽默与讽刺成为世界著名的语言大师。在艺术上,萧伯纳深受易卜生的影响,主张写社会问题,坚决反对以巧合、误会和离奇的情节来吸引观众的眼球。

知识精练

一、填空题

1.徐志摩是中国现代著名作家，与闻一多、胡适等人同为(　　　　)派代表人物，该流派是中国现代文学史上的著名诗歌流派。

2.徐志摩共有(　　　)、(　　　)、(　　　)、(　　　)四部散文集。

3.《泰山日出》这篇散文是为隐喻(　　　)的文学创作，表达了徐志摩对这位大诗人的敬仰之情。

4.在《我所知道的康桥》这篇文章中，徐志摩引用了陆放翁的一句诗。请补全：传呼快马迎新月，(　　　　　　　　　　　　)。

5.《西湖记》是一篇以时间为轴线的(　　　　)体散文。

6.徐志摩在《西湖记》中真实而艺术的记载了这段时间中，他与(　　)的交往并深受其影响，使其在艺术观、审美观和世界观等方面都发生了深刻的变化。(括号内填一国内学者)

7.“春光与希望，是长驻的；自然与人生，是调谐的。”运用了(　)修辞手法。

8.《海滩上种花》是源于(　　　　)为他画的一帧拜年片。

二、选择题

1.在《天目山中笔记》这篇散文中，作者主要描绘了什么人物？

A 和尚　　B.道士　　C.尼姑　　D.神仙

2.哪位作家曾概括徐志摩的散文是“带有自叙传的色彩”的。

A 胡适　　B.郭沫若　　C.鲁迅　　D.郁达夫

3.“春”！这胜利的晴空仿佛在在你的耳边私语。“春”！你那快活的灵魂也仿佛在那里回响。用的是什么修辞手法？

A 比喻　　B.拟人　　C.对偶　D.夸张

4.《欧游漫录》记录了他对(　　　　)观点转变的心理轨迹。

A 苏俄　　B.英国　　C.法国　D.中国

5.在《再说一说曼殊斐儿》一文中，徐志摩说(　　　　　)是现代圣人。

A 曼斯菲尔德　B.萧伯纳　　C.胡适　D.罗素

三、判断题

1.在《巴黎的鳞爪》这篇散文中，作者主要将视角投向巴黎的上层社会。(　　)

2.《再剖》是徐志摩寻求自我、个性解放，获得心灵自由的一场庄严而深刻的自由救赎。(　　)

3.别的地方人命只当得虫子，有路不敢走，有话不敢说，还来搭什么臭绅士的架子，挑什么够美不够美的鸟眼？这句话含有讽刺的含义。(　　)

4.从《我所知道的康桥》中，我们知道徐志摩到英国求学是想跟随托尔斯泰学习的。(　　)

5.徐志摩在《我所知道的康桥》中营造了一种"单独"的境界，融写景、抒情于一体。(　　)

6.《"迎上前去"》不算自我剖析的散文。(　　)

7.在《我过的端阳节》一文中，作者认为文明人"只是腐败了的野兽"。(　　)

四、简答题

1.在《泰山日出》中，"光明"一词有几层意思？

2.在《海滩上种花》中，作者给朋友的定义是什么？

3.在《自剖》一文中，有这样一段话："我做的诗，不论他们是怎样的'无聊'，有些是在行旅期想起的。"这里的"无聊"被加引号有何用意？

4."人生原是与苦俱来的;我们来做人的名分不是诅咒,人生因为它给我们苦痛,我们正应在苦痛中学习,修养,觉悟,在苦痛中发现我们内蕴的宝藏,在苦痛中实现我们内蕴的宝藏,在苦痛中领会人生的真谛。"你从中体会到了什么道理?

5.在《丑西湖》中作者表达了什么样的情感?

6.在《迎上前去》这一篇中,有这样一段话:"……不是纸糊的老虎,不是摇头的傀儡,蜘蛛网幕面的偶像……"这里的"傀儡"是什么含义?

7."只要你认识了这部书,你在世界上寂寞时便不寂寞,穷困时不穷困,苦恼时有安慰,挫折时有鼓励,软弱时有督责,迷失时有南针。"你是怎样理解这句话的?"这部书"指的是什么?

8.徐志摩在《印度洋上的愁思》这篇文章中,通过优美而略带忧伤的文字传达出他淡淡的哀愁,你能试着找出几句吗?

五、论述题

1.在《我过的端阳节中》,你认为徐志摩对"文明人"抱有一种怎样的态度?

2.通读全书,你最喜欢徐志摩的哪篇散文,说说你喜欢的原因?

参考答案

一、填空题

1.新月

2.《落叶》、《巴黎的鳞爪》、《自剖》、《秋》

3.泰戈尔

4.却上轻舆趁晚凉

5.田园牧歌

6.胡适

7.对偶

8.凌叔华

二、选择题

1.A　2.A　3.B　4.A　5.B

三、判断题

1.错误　投向的是下层社会。

2.正确

3.正确

4.错误　是跟随罗素的。

5.正确

6.错误　是自我剖析式散文

7.正确

四、简答题

1.“光明”在这里既指日出的光明,也指社会的光明。

2.我所以说朋友是奢华;“相知”是宝贝,但得拿真性情的血本去换,去拼。

3."无聊"在这里是自谦用法。

4 苦难是人生的命题。人生本就是艰难的,因此得不断奋斗。

5.徐志摩表达了对西湖因社会发展而环境不断恶化的苦恼和不满。因为再次泛游西湖时发现西湖已失去原有的面貌,已找不到原有的西湖之美。

6.比喻受人操纵,不能自立的人或组织。

7."这部书"指的是自然。因为在它的每一页里,我们都能读懂最深奥的消息,而且它们应用的符号是永远一致的,永远会给我们带来启发和启迪。

8.任选几句即可。比如:今夜月明人尽忘,不知愁死在谁家。再如:现在满盛了清洁的月辉,静极了,草里不闻虫吟,水里不闻鱼跃。

五、论述题

1.围绕对文明人的讽刺和批判谈即可。

2.任选一篇文章,言之有理即可。

图书在版编目(CIP)数据

徐志摩散文集 / 徐志摩著. -- 杭州：浙江人民出版社，2013.1
(青少年美绘版经典名著书库 / 崔钟雷主编)
ISBN 978-7-213-05223-1

Ⅰ. ①徐… Ⅱ. ①徐… Ⅲ. ①散文集－中国－现代
Ⅳ. ①I266

中国版本图书馆 CIP 数据核字（2012）第 267718 号

徐志摩散文集 XUZHIMO SANWENJI

作　　者　徐志摩　著
丛书策划　钟　雷
丛书主编　崔钟雷
副 主 编　贾文婷　章　蕾　杨则已
出版发行　浙江人民出版社
　　　　　杭州市体育场路 347 号
　　　　　市场部电话：(0571)85061682　85176516
责任编辑　金　纪　王方玲
装帧设计　稻草人工作室
印　　刷　龙口市众邦传媒有限公司
开　　本　787 毫米 × 1092 毫米　1/16
印　　张　12
字　　数　19 万
版　　次　2013 年 1 月第 1 版
　　　　　2013 年 6 月第 2 次印刷
书　　号　ISBN 978-7-213-05223-1
定　　价　19.80 元

QINGSHAONIAN MEIHUIBAN JINGDIAN MINGZHU SHUKU